砂の国の花嫁

Ryo Hayase
早瀬亮

Honey Novel

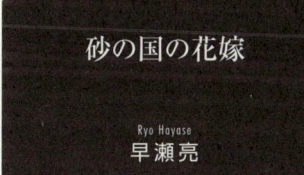

Illustration

SHABON

CONTENTS

砂の国の花嫁

Honey Novel

ランシュは五粒の種を蒔《ま》いた。

ひとつ、ひとつ、掌《てのひら》の上で、大きくなってくれるよう願いをこめながら。

風で飛んでくる砂の砂除《すなよ》けと強い日差しをさえぎる日除けを作り、毎朝起きると一番に見に行っては、水をやって芽が出るように祈った。

祈りが通じたのか五粒とも発芽したものの、ふたつはすぐに枯れてしまった。本葉が伸び始めた残りも細くて弱々しく、このまま成長してくれるのかわからない。

ランシュはしゃがみ込んで砂地に膝《ひざ》をついた。青みがかった紫色の瞳《ひとみ》で双葉を覗《のぞ》き込み、指先でそっとつつく。

「頑張って」

半分は自分への叱咤《しった》だ。成果が出ず、挫《くじ》けてしまいそうだったのだ。

前回は、ひょろりとした茎が二十センチほど伸び、そこで力尽きたように立ち枯れてしまった。無事に育てば赤い花が開くはずだが、茎は伸びても蕾《つぼみ》をつけるまでには至らない。

「芽は出るから、種は悪くないのよ。土が弱っているのかしら。もっと腐葉土があればよかったんだけど」

腐葉土はとうに使いきってしまった。

砂と腐葉土を配合した土の力が弱っているとしたら、花を咲かせられるのは、今回が最後のチャンスかもしれない。ロバやラクダの糞《ふん》を混ぜ込む方法もあるのだが、燃料にするので肥料にはできないのだ。

ウラドノール王国は、砂漠と岩山だらけの国だ。自生している植物は少なく、暮らしに役立つのはカランという棘《とげ》だらけの蔓《つる》植物。油が採《と》れる小さな実が生《な》る。手をかけても、育つのは綿花と芋《いも》くらい。食用の穀物や野菜、観賞用の花はまったく育たなかった。

それというのも、ウラドノールの国土は塩分を多量に含んでいたからだ。塩分を取り除いても、塩気を含んだ砂が風に飛ばされてくると、せっかく出た芽も枯れてしまう。

ウラドノールの大地で花を育てる。

それが、ランシュの目標だった。鉢植えも考えたが、それでは意味がないのだ。

「綿花はあんなにできるのに」

家の裏手に広がる綿花畑。日差しを浴びて白く輝く綿花に、ランシュは目を細めた。

「頑張って咲いてくれないと…」

困るの、という言葉をランシュは呑《の》み込んだ。

自分で始めたことで、泣き言は言いたくないのに、つい出てしまう。

「ごめんね。あなたたちにこんな愚痴を聞かせて」

ランシュは花の芽に謝った。

「おーい、ランシュ。今日も暑いなぁ」

荷物を積んだロバを引いた男が、大声でランシュを呼んだ。隣の家の、といってもかなり離れているのだが、セドンだ。街まで買い出しに行った帰りのようだ。綿布の端切れで汗を拭《ふ》きながらやってきた。

「セドンおじさん、大荷物ね。ルインの婚礼準備？」

セドンの娘ルインが、もうすぐ隣村に嫁に行くのだ。

「ああ、街まで支度の品を買いに行ってきたんだ。すまないが、カランの油を少し分けてもらえるかな、香油のほうなんだが。香皇国《こうこうこく》の花の香油を買ってやるって言ったんだが、香油はランシュのじゃないと嫌だとルインがうるさくて」

「いいわよ」

「自分で頼みに来るって言ってたんだが…」

身の周りの品を少しずつ運んでは、二人で暮らす新居を整えているのだという。

ランシュはセドンから掌に載る小さな壺《つぼ》を受け取った。

塩分濃度が高い砂地でも成長するカランは、硬い蔓が絡まり合って、こんもりとした半円型の低木のような形を形成する。蔓には長く鋭い棘がびっしりついているので、根っこから引き抜き、蔓を地面に叩《たた》きつけて実を収穫するのが一般的だ。

カランに花は咲かない。実と呼んでいるのは、実際は養分を蓄えた蔓の一部だ。カランの実にはちょろりとした髭《ひげ》のような芽がついているので、落ちた実からまた生えてくるのだ。

ランシュは綿花畑の隣で、三十本ほどのカランを試験的に育てていた。蔓を引き抜かず、実をひとつずつ手で摘《つ》み取っている。蔓を残しておくと実が生るのも早いからだ。

「いつも悪いな」

「気にしないで。うちだっていつもポルウを借りてるんだから」

植物が育たないウラドノールでは飼料を他国からの輸入に頼っているので、荷運びに便利なロバを飼うにも金がかかる。村長のセドンはロバとラクダを持っているから、ランシュは時々ロバのポルウを借りていた。

香油を壺に移して渡すと、いい香りだな、とセドンは微笑《ほほえ》んだ。

カランの香油はほんのり甘く、それでいて清々《すがすが》しい香りがする。

「それはおじさんとおばさんが使って、こっちをルインにあげて」

セドンに大振りな壺を渡す。

「こんなにたくさん、いいのかい」

「ルイン、カランの香りが好きだから、結婚のお祝いにしようと思ってたの」

「ありがとうよ、ランシュ」

カランは稀《まれ》に、とてもよい香りのする実ができる。一本の蔓からせいぜいひとつかふたつ。

できないことのほうが多い。

カランの油は食用やランプの明かりなどに利用されるので、集められた実は香りの実を選別することなく、まとめて一気に圧搾されてしまう。大量に収穫された中から香りの実を選別するのは非常に手間がかかるので、香油の生産はしないのだ。

蔓に生る実のすべてが香れば、香油が作れるのではないか。

そう考えたのは、ランシュの祖父バンジュだ。

香りの実を植え、そこからできた香りの実をまた植えてと幾度も繰り返し、一本の蔓から香りの実をかなり増やすことができた。

「おじさんとこでも育ててみる？」

「香りの実をくれるのかい？」

「ええ。でも、まだ七割か八割程度だから、もっと繰り返さないとダメね」

「それでもすごいことさ。うちの村じゃ、いや、国中でも、誰もそんなことをしようなんて考えなかったんだから。バンジュさんにはもっと長生きしてほしかったなぁ。バンジュさんのおかげで村の芋のできもよくなったし、綿花の質も上がった。もっといろんなことを教えてもらいたかったよ」

祖父バンジュが亡くなって二年が経《た》つ。

余所者《よそもの》だった祖父を村に受け入れてくれたのは、村長のセドンだった。今では村に馴染《なじ》んで皆と親しくしているけれど、気にかけ、なにくれとなく世話を焼いてくれたのは、最初のうちはセドン一家だけだったのだ。

祖父を懐かしんでくれるセドンに、ランシュは嬉《うれ》しくなる。

「ランシュも、そろそろだな」

「そろそろって？」

「嫁入りだよ。バンジュさんも空の上で待ってるぞ」

ランシュはきょとんとした顔をした。

「私が？　どこに嫁ぐの」

「いい人はいないのかい？」

「いるように見える？」

セドンは苦笑いした。

汗と砂塵《さじん》で汚れた顔を服の袖《そで》で無造作に拭《ぬぐ》うランシュは、近づかなければ女の子には見えない。膝丈《ひざたけ》までのたっぷりとゆとりのあるガドラという長衣に、足首までのズボンを穿《は》き、頭にはカチーフという正方形や長方形の綿布を巻きつける、男の格好をしているからだ。

男性は白い綿布で仕立てたガドラを着るのだが、ランシュはカランの蔓で染めた淡い緑色のものを着ていた。

「カランの香りの実がたくさん収穫できるようになったら、村で大きな圧搾機を買おうな」

そんな先の明るい話をして、セドンは大事そうに油壺を抱えて帰っていった。

ウラドノール王国のあるプルメリア大陸は、四つの国とひとつの地域に分割されている。大陸の北から東にかけてダレン山脈が長く横たわり、北に位置するスゥエッテン共和国には、樹齢何百年にもなる巨木が生い茂っていた。中央部には牧草地帯の広がるシンガ王国。西には緑の国と謳《うた》われる香皇国。東は北よりもさらに険しい山々が連なって、大陸で最も高いカレトン山がそびえ人間の侵入を阻んでいたが、薬師として大陸中に散るクルクの山岳民族の住む村がそこにあるという噂《うわさ》だった。

スゥエッテンは林業と鉄鋼、シンガは酪農王国で質のよい馬の産地としても有名だ。香は穀物や野菜、果物、花の生産国であり、大陸全土へ供給していた。

各国に見られるように、プルメリア大陸は緑豊かな大陸だったが、南に位置するウラドノールだけは、砂漠と岩山の国だった。香、シンガと国境を接していても、幅三キロにも及ぶ巨大な渓谷で、大陸からほぼ分断されていたのだ。

シンガの古くからの言い伝えによれば、ウラドノールの大地は、大昔に突然海から隆起してできた『呪《のろ》われた大地』なのだという。

本当のところはわからないが、ウラドノールの大地には塩分が多く含まれており、砂の中からは珊瑚《さんご》や貝殻の欠片《かけら》がよく見つかることから、あながちおとぎ話とも言いきれなかった。

植物は育たなくても、海に面した南部では塩田が作られ、塩の精製が行われていたし、さらに、渓谷付近の地中からは宝石が、砂漠では砂金も大量に取れるので、加工したそれらを輸出し、主食である芋以外の食料を香やシンガから輸入していた。

そのため道は整備され、国の中心部にある王都から四方八方に街道が伸びていた。国土の南側はほぼ海に面していても砂浜ばかり。かなりの遠浅で、大型船の船着き場が設置できず、陸路が発達したのだ。

砂地の下深くの岩盤を掘り抜くと、ダレン山脈から続いているらしい地下水脈が掘り当てられる。集落があるところには井戸が掘られ、飲み水には不自由しない。だからこそ、砂漠と岩山だけの大地で人が暮らしていけるのだ。

そんなウラドノール王国のバネロン・ダイル・ウラドル王のもとへ、緑の国の香皇国からリンミン皇女が嫁いできたのは、今から二十年前。

香の第三皇女だったリンミンは、ウラドノールへの輿入《こしい》れを自ら望んだのだという。植物研究者でもあった彼女は、『呪われた大地』で自分の知識を試したかったのだ。

砂漠と岩山の国に花と緑をもたらす使者としてリンミンは盛大に歓迎され、リンミンとともに植物研究者や農業技術者がウラドノールへと移住してきた。

王城外れの一角に、王妃となったリンミンの希望で研究ハウスが建設されると、香から乾燥に耐性のある植物の苗や種、腐葉土や肥料などが続々と運び込まれ、王妃主導のもとに研究が進められた。

輿入れ一年目で第一王子が、三年目には第二王子が産まれ、四年目には、研究ハウスを中心に色とりどりの花が咲く庭が、姿を現すまでになった。

ウラドノールの砂漠に植物が育つのは当分先のことだとわかっていても、王妃の庭園と呼ばれる美しい庭を見た人々は、豊かな未来を思い描いていた。

しかし、翌年、流行病がウラドノール全土を襲った。

国王はクルクの薬師を大勢呼び寄せ、王城での指揮を王妃と宰相に任せると、戦さながらに自ら近衛兵を従えて国中を駆け回った。治療院を各地に作り、人手の足らない地域へは役人と物資を送り、国庫を空にする勢いで未曾有の危機へと立ち向かった。

国王の獅子奮迅《ししふんじん》の働きでも、治療の甲斐《かい》なくたくさんの民が亡くなった。体力のない子供や年寄りだけでなく、次代を担う働き盛りの若者が大勢この世を去ったのだ。

そして、病魔は王妃の命をも奪い去っていった。

国王に嫁いで、わずか五年のことだった。

荒れた国内を立て直すのに国王は奔走した。国費は今を生きる人々のために優先され、農業開発は後回しになった。時を同じくして、新たに大きな宝石脈が発見されたことで、うち沈んでいた民の意識が一斉にそちらを向き、植物栽培への期待は瞬く間に消えてしまった。

主導者の王妃が亡くなり、王妃とともにウラドノールへとやってきた研究者たちは皆、母国へ帰ることを希望した。国王はそれを許し、ウラドノールで植物研究や農業開発が行われることはなくなった。

そして、王妃の庭園は閉鎖された。


「ほんと、お祖父ちゃんがいてくれたら」

ランシュの祖父は、リンミン皇女の輿入れとともにウラドノールへ来た植物研究者のひとりだった。祖父と一緒に来たランシュの父も土壌研究者で、王城で働いていた母と出会って結婚し、双子のランシュとガイジュをもうけて幸せな暮らしを送っていた。

しかし、二人が三つの時、ウラドノールを襲った流行病で父と母が亡くなった。

香の研究者たちが皆母国に帰っても、祖父はウラドノールに留《とど》まった。塩分濃度が高い手つかずの土地を払い下げてもらい、砂地を少しずつ改良し、綿花と芋を栽培しながらランシュとガイジュを育ててくれた。

祖父がなぜウラドノールに残ったのか。

亡くなった今となっては知る由もないが、晩年は息子が残した資料をもとに、ウラドノールの土壌研究に捧《ささ》げたと言ってもよかった。

植物や土に関する知識や資料を祖父から受け継いだランシュだったが、実際にひとりで育ててみるとわからないことだらけだった。カランの品種改良も、祖父がいたらもっと早く進んだのではないかと思う。

ランシュが願いをこめて蒔いた種は、祖父が大切にしていた種だ。祖父が香で品種改良をした花で、元は五枚の花弁だったものを十二枚になるまで増やしたものだという。ウラドノールの大地に蒔くつもりだったのだろう。

「蕾だけでもつけてくれないかしら。そうしたらお金になるんだけど…」

しゃがんでひ弱な芽を見つめた。

赤い花弁を開かせるはずの種は、蕾すら見せてくれない。

ランシュは王都の問屋街にあるラクダ屋に借金をしていた。

ラクダ屋は、名前のとおりラクダやロバをたくさん持っている商家だ。荷物を運ぶのが主な仕事だが、ラクダやロバの貸し出しや、目新しい売れそうな品を他国から買いつけたり売ったりもする。

ウラドノールにはない花や野菜の種、腐葉土を手に入れたかったランシュは、ラクダ屋に依頼した。それが借金となって残っている。高いのは運送代だ。盗賊が出る険しい渓谷を渡るので、どうしても高額になるのだ。

「カランの香油もたくさん作れないし」

三十本程度では少量しか採れず、手で油を絞るのも手間がかかる。

花や野菜ができれば売って返済できると考えていたが、そう簡単にはいかなかった。珍しい花や野菜は貴族に高値で売れるが、咲かなければ金にならない。

返済期限が三月《みつき》を切って、ランシュは焦っていた。

花の栽培は失敗続き。祖父の研究成果を実証したいのに、残してくれた種はわずかになっていた。失敗するたび、挫けそうになる。

けれど、祖父に連れられて三つの時に見た王妃の庭園の美しさが、ランシュは忘れられなかった。

あんな美しい畑や庭が作れたら…。

色とりどりの花々やみずみずしい野菜を、今でもはっきりと覚えている。

「ランシュ、しゃがみ込んでどうしたの?」

弟のガイジュが、いつの間にか傍らに立っていた。日差し除けの黒い綿布をすっぽり被《かぶ》り、ランシュと同じ淡い緑色に染めたガドラを着ている。

考え込んでいたランシュは、ガイジュが来たことに気がつかなかった。借金はガイジュに内緒なのだ。

いけない、ガイジュに心配させてしまう。

「なんでもないわ」

「深刻な顔だったよ」

「ぼーっとしていただけ」

「セドンおじさん、もう帰ったの？」

「婚礼準備で忙しいのよ。たくさん荷物を積んだポルウと一緒に帰っていったわ。まだ日差しが強いのに、外に出たりしたらダメじゃない」

ガイジュは身体《からだ》が弱かった。香人の父に似たのか、ウラドノールの強い日差しを長く浴びると疲れてしまう。

「ひとりで家の中にいるのも、つまらないんだよ」

ウラドノールの子供は学校で読み書きや計算を習うと、すぐ働きに出るようになる。

女の子はたいてい各村にある作業所に集まり、織り子として糸の紡ぎ方や綿布と毛織物の織り方を習う。大人の女性と一緒に仕事をしながら、料理や裁縫、家のこまごましたことも合わせて学ぶのだ。宝石工房や金工房で職人見習いになる子もいる。

王城や貴族、商家などの下働きは、女の子の憧《あこが》れの職業だ。仕事は大変だが、美しい子は貴族や金持ちに見染められる機会があるからだ。

男の子は家業を継ぐか、宝石や金細工の職人として働いたり、綿花や芋を育てたりする。

採掘現場や荷運び隊商に入って、食事の用意やラクダの世話などの雑用をする子もいる。

王城と王都を守る近衛兵とは別に、街や村の治安維持に努める民兵組織もあるので、身体の大きな子や剣術に才のある子はそれに志願したりもした。

身体が弱いガイジュは、女の子の仕事である織り子を選んだ。織り機があれば、家で仕事ができる。近所の作業所で基本を少し習っただけで綿布がすぐ織れるようになり、毛織物もほとんど独学で修練した。

ウラドノールの毛織物は、三、四色程度の幾何学模様や縞《しま》模様が定番の柄だが、ガイジュは色糸をいくつも使って風景や動物などの絵を織り込んだ。ありきたりな柄を織るのと違って非常に根気のいる作業だが、ガイジュは向いていたのだろう。誰にも真似《まね》のできない、貴族の屋敷の壁を飾れるほど見事な毛織物を織った。

「ランシュみたいに、僕もウラドノール人のお母さんに似たらよかったな」

「ダメよ。お母さんは織物ができないから王城の下働きに入ったんだって、お祖父ちゃんから聞いたもの。だから、お父さんと出会えたのよ。それに、ガイジュだって私の織った綿布を見たでしょ」

ランシュも綿布作りを習ったが、芋を詰めた麻袋のほうがマシだと言われるほどできが悪かった。

「お母さんもきっと下手だったのよ。でも、絵はとっても上手だったじゃない。それって、ガイジュの毛織物に受け継がれているのよ。あなたの手は魔法の手なんだから」

王妃の庭園に咲いた花や風景、働く人々、父や祖父、幼いランシュとガイジュなど、たくさんのスケッチが残っている。

「ランシュだって魔法の手を持ってるよ。ランシュの作った綿花は最高だもん」

ガイジュの褒め言葉に、ランシュはうっすら微笑む。

ランシュはこの地域で一番質のよい綿花を育てていた。

でも、綿花しかできないんじゃ…。

本来の目標である花や野菜作りは、成功したことがないのだ。

ランシュは綿花と芋栽培のほかに、村の農家の手伝いに行って手間賃をもらっていた。

砂に塗《まみ》れて外で働く女の子は珍しい。村でもランシュは変わりもので通っていた。

ウラドノールでは十六歳で成人とみなされ、女の子は十五、六歳になると結婚話が出始めるし、貴族の姫はもっと早くに婚約したり嫁いだりする。

セドンの娘ルインも十七で嫁いでいく。

ランシュはすでに十八歳になっていたが、結婚話が来なくてもまったく気にしていなかった。結婚したら、植物を育てる研究ができないからだ。

「顔が汚れてるよ」

「どこ？」

ガイジュは被っていた綿布でランシュの頬《ほお》を拭った。

双子の二人はよく似ているが、印象はまったく違っていた。

勝気なランシュは、青みがかった紫色の強い意志を秘めた瞳を持っていた。視線を合わせると吸い込まれそうに感じる。母譲りの美しい顔は日焼けして、いつも汗と砂塵で汚れていたけれど、ふっくらとした頬と唇は愛らしく、健康的で活力に溢《あふ》れていた。

対して、ガイジュは淡い紫色の優しげな瞳だ。家にこもっていることが多いので日焼けすることがなく色白で、ランシュと比べて儚《はかな》げな風情だった。

「お花、咲きそう?」

「今度は育ってくれるわ」

そう願うしかない。

「王様はどうして庭園を見捨ててしまったのかな。国費で研究を続けていれば、ウラドノールはもっと変われたはずなのに」

ガイジュは足元の砂を蹴《け》った。

「どうしてかしらね。王様には王様の考えがおありなのだろうから…」

「きっと、王妃様が亡くなった衝撃が強すぎたんだね。お辛《つら》かっただろうなぁ」

国王の心は誰にもわからない。王族の結婚は、恋や愛で決まるものではないからだ。

ランシュは祖父や両親の残したものを大切にしていたが、国王は妻を亡くした悲しみから、王妃に関《かか》わる一切のものを消し去ってしまいたかったのかもしれない。

「ほらほら、暑いから家の中に入って」

石灰岩を積み上げて作られた家の中は日中でも涼しく、明かり取りの小さな窓をいくつも設けてあるので十分明るい。たまに来る砂嵐の時は、砂の入った袋で中から窓を塞《ふさ》ぐのだ。

「心配性だなぁ。街の問屋さんまで納品しに行けるようになったんだからね」

「そうは言っても、街へ行った翌日は疲れてぐったりしてるじゃない。こないだだって、辛くなって誰かに助けてもらったんでしょ？　家まで送ってもらったそうじゃない」

「あれは…、ちょっと立ちくらみしただけで。ちゃんとお礼は言ったよ」

年を追うごとに丈夫にはなっていても、自分と比べるとどうしてもひ弱に感じ、ランシュは弟を守ってやらなくては、と思うのだ。

「僕、井戸まで水を汲《く》みに行ってくるよ」

「夕方になってからにしなさい」

「平気だよ。すぐに汲み出せるし」

今年は例年になく水が豊富だった。井戸の縁近くまで水面が上がってきているのだ。

ランシュは瓶を頭の上に載せて出かけていくガイジュを見送った。

「はぁ〜。切羽詰まっているのがガイジュにもわかってしまうのね。ダメだわ、こんなことじゃ」

姉として弟を守らなければならないのに、不甲斐ない自分が嫌になる。

強い風が吹き抜け、舞い上がった砂がパラパラと降り注ぐ。ランシュは顔をしかめ、頭に巻いていたカチーフを外した。この国では珍しい、淡い金茶色の長い髪が流れ出る。風がランシュの髪を嬲《なぶ》った。

手入れもろくにしていなかったが、日の光を浴びてきらきらと光り輝く。

ランシュは砂を払って適当に髪を纏《まと》め直すと、髪を覆うよう、無造作にカチーフを頭に巻きつけた。

花の芽に水をやっていると、ラクダに乗った太った男がやってきた。

「ランシュ、陰で何こそこそやってるんだ」

また来たわね太っちょ、とランシュは聞こえないように呟《つぶや》いた。

太っちょとは、ランシュが借金をしているラクダ屋の三男、トロイのことだ。樽《たる》のようにでっぷりと太った、お世辞にも美男とは言えない男だ。

ランシュの証文はなぜかトロイの手に渡っていて、借金が返せないとトロイのもとに行かなければならなくなっていた。

借金の形にいずれお前は俺のものになるのだと、トロイは証文を懐に、ラクダに乗って王都の端にあるランシュの家まで言いに来る。金持ちの三男坊で甘やかされて育ったトロイはろくに仕事もしていないので、暇なのかしょっちゅうやってくるのだ。

「なんでもいいでしょ」

さりげなく、花壇を日除けの綿布で覆う。トロイが花の芽に興味を持ち、悪戯されたら困るからだ。

「まだ畑仕事してるのか。もういい加減諦《あきら》めたらどうだ。芋や綿花作ったって、借金返せるほどの金にはならないってことくらい、お前だってわかってるだろ？」

「ほっといてよ。返済期限はまだ来てないわ」

花壇からゆっくり離れたランシュは、綿花畑へと向かった。その後を、ラクダに乗ったトロイがついてくる。

「今日にでも俺のところに来れば、旨《うま》いものが食いたい放題だぞ。朝一番で香から運ばれてきた果物が食べられるんだ」

だからそんなにぶくぶく太ってるのよ。

ランシュは足早に歩きながら、途中で枯れたカランの蔓を拾う。

「綺麗《きれい》な絹の服も、宝石だって欲しいだけ買ってやるぞ」

「いらないわ、そんなもの」

宝石なんてあったってお腹《なか》は膨れないし、ガイジュの織った綿布のほうが、滑らかで着心地がよくて丈夫なんだから。

「砂しかないウラドノールじゃ、なんにもできないって。お前の祖父さん香の研究者だったらしいけど、ほんとかよ。結局なーんにもできないまま死んじまったじゃないか」

「なんですって！」

尊敬している大好きな祖父をバカにされ、ランシュはカチンときた。

「何か変わったか？　ウラドノールが香みたいになったか？」

「なんにも知らないくせに、勝手なこと言わないで！」

「どこが変わったか言ってみろよ。香みたいな緑の農地が広がったか？　相変わらずここには砂しかないじゃないか」

この村の芋や綿花の質は、ランシュの祖父が来る前と比べると格段によくなっていた。失敗もあったけれど、セドンや村人たちは皆、祖父を頼りにしてくれていたのだ。

質が上がれば実入りが増える。ただ、見た目には畑は変わっていない。それは、携わっているものだけが感じられる変化で、説明のしようがないのだ。

悔しくて、ランシュは唇を噛《か》みしめた。

「ほぉら、言えないんだろ？」

ラクダの上からえらそうに見下ろすトロイに憤ったランシュは、手にしていたカランの蔓でラクダの尻《しり》を思いっきり打った。

ラクダの皮膚は分厚いが、さすがにカランの棘は痛かったのだろう。びっくりしたようでいきなり走り出す。

「うわぁ〜っ」

トロイは叫んでラクダの首にしがみついた。転がり落ちればいいと思ったが、トロイは身体が半分ずり落ちそうになりながら耐えている。

ごめんね、とランシュはラクダに謝った。

みっともない姿のトロイを乗せたまま、ラクダは街道のほうへと走り去っていった。

「ああもう、腹が立つわ！」

トロイに、というよりも、自分の不甲斐なさに一番腹が立つ。もっと上手く育ててさえいれば、祖父をバカにされることもなかったのだ。

「このままじゃダメ。土の質をもっと上げないと。やっぱりあれを決行するしかない」

ランシュは決意を秘めた瞳で、王城のほうを見つめた。


ルインの結婚式から二日後の夕方。

「ポルウだ」

ガイジュはポルウの首を撫《な》で、背中をポンポンと叩いた。

「もう夕方なのに、どうして？」

いつもは朝に借りてくるので、ガイジュは不思議に思ったのだろう。

「明日の朝は残っている摘み取りをしないといけないから、今日のうちに借りてきたの」

「日が昇る前に僕も手伝うよ」

「ほんの少しだけだから大丈夫よ。ポルウにお水をあげて」

申し訳なさそうな顔をするガイジュに、ランシュは心の中で謝った。

納品があるのは本当だが、ポルウを借りてきたのは違う目的があったからだ。それは…。

城壁内にある王妃の庭園に忍び込んで、土を盗《と》ってくること。

十年以上も放置されているとはいえ、花や野菜が育っていた土だ。植物が育つ力を、まだ残しているかもしれない。

この三日間、ランシュはずっと考えていた。そして今日の夜、決行することにしたのだ。

ガイジュが眠ったのを確認して、夜中にランシュはこっそり家から抜け出した。

「これがダメだったら諦めるわ、ガイジュ。これが最後だから」

どうしてここまで花を育てることに執着してしまうのか、自分でもわからない。

ルーツである香人の血がそうさせるのだろうか…。

「香皇国に行ったこともないのにね」

夜空を見上げると、空には大小ふたつの丸い月が輝いていた。煌々《こうこう》と照る月が、足元に黒い影を作る。

ランシュはポルウを連れ、誰にも会わないよう途中で街道から外れると、夜行性の砂ヘビに気をつけながら、月明かりを頼りに王城までやってきた。

ウラドノールの王城は、巨大な岩山の中腹をくり抜いて造られている。岩山自体が、王城と言ってもいい。岩山の周りには、王城で働く人々の長屋や近衛隊の宿舎と鍛練場、少し離れて厩《うまや》やラクダ小屋が立ち並んでおり、それを取り囲むように城壁が築かれている。城壁には正門のほか、三つの門が設けられていた。

庭園は城壁の外にあった。高い城壁に庭園を囲む塀がイボのようにくっつくような形になっている。

城壁の内側から庭園へ通り抜けられるよう作られた小さな門は、今は固く閉ざされていた。塀から城壁に乗り移れないよう、接していた部分は取り壊され、鉄製の棘がついた盗賊除けが張ってあった。

城壁の周りには、波紋が広がるように問屋や酒場や宿屋などが立ち並び、大勢の人が住んでいるが、すべて、庭園とは反対側に伸びていた。

なぜなら、庭園側には、砂ヘビや毒のある飛びムカデが多く生息しているからだ。

城の最下層である下働きの住居区からも、庭園はかなり離れていた。正門や兵士の詰所も遠い。廃園になってだいぶ経つので、辺りにはまったく人気《ひとけ》はなかった。

悲しいかな、ガイジュの言うとおり、王妃の庭園は見捨てられた場所なのだ。

傍にある大きな岩にポルウを繋《つな》ぎ、もう一本、別なロープも岩に結びつけた。これは中から外に出る時、塀をよじ登るのに使うのだ。

庭園の塀は城壁よりもかなり低く、ポルウの背に立てば、ランシュにもなんとか乗り越えられる高さだった。

ポルウの周りに砂ヘビ除けの薬を撒《ま》き、足元に干し草を少し置いた。

「なるべく早く戻ってくるから、待っててね」

土を入れる麻袋やランプなどが入った綿布の袋を斜めがけして、ポルウの背を踏み台に、ごつごつした塀に取りつきよじ登る。

「くーっ、もう少し」

日頃の農作業で鍛えた腕力にものをいわせ、身体を持ち上げて庭園の中を覗き込んだ。

「これは…」

目の前に広がった庭園にランシュは呆然《ぼうぜん》とした。

王城までの道すがら、もしかしたら植物が少しは生き残っているのではないか、と淡い期待を抱いていたのだ。だが、月明かりで照らし出された王妃の庭園は無残の一言だった。

植物らしいものは一切なく、研究ハウスは廃墟と化していた。ハウスの屋根は半分崩壊し、鉄製の枠組みだけが辛うじて残っているだけだ。

「酷《ひど》い」

あまりの荒れように、ランシュは悲しくなった。

塀の上から見下ろした庭園は、ことのほか狭く感じる。もっと広いと思っていたが、なにしろ見たのは三歳の時だ。

ランシュはロープを伝って庭園へと降りた。火種でランプに火を点《とも》し、辺りを照らす。

庭園内をいくつかに仕切る柵があったと記憶していたが、どこにも見当たらなかった。木材は朽ち果ててしまったのだろう、何本かが杭《くい》のように残っているだけだった。

「まだ使えそうなのに」

木が育たないウラドノールでは、木材は非常に貴重なのだ。

「この庭園を、王様や二人の王子様はご存知なのかしら」

一度、近衛兵を引き連れて街道を疾走する国王を見たことがある。つき従う近衛兵よりも大柄な堂々とした体格で、遠くて顔は見えなかったけれど、威厳のある立派な王様だと思った。二人の王子も他国へ使者として赴くなど、国政に深く携わっている。

先日、木材の輸出量交渉でスゥエッテン共和国に赴いていたダイル・クロストム・ウラドル第一王子が、期待していた以上の木材を約束して帰ってきたらしいという噂話を、セドンから聞いたばかりだ。

「買えば済むんだもの」

国王も王子も気に留めていないのだ。大変な苦労をしてまで植物栽培する必要はなく、砂漠の緑化や、花や野菜の栽培に意欲的な役人も農民もいないのだろう。

「研究者が四年間も手をかけて、このくらいの広さの庭園しかできないのね」

自分がしている細々とした植物栽培は、時間の無駄ではないかと思えてくる。

「弱気になってはダメ。借金を返せなかったら太っちょに押し倒されるのよ」

トロイに触られるのを想像しただけで鳥肌が立つ。

以前、ちょっと気を抜いた隙《すき》をつかれ、トロイに胸を鷲掴《わしづか》みされたことがある。それからは、胸にきつく綿布を巻くようになった。

身だしなみにはまったく気を遣っていないランシュだが、男物の服の中には女性らしい豊かな乳房が隠されていた。毎日畑仕事をしているので、顔と手は日焼けし砂塵で汚れていても、元はガイジュよりも色白なのだ。

「とにかく借金を返さないと。綿花だって育てられなくなる」

嵐で飛んできたのか、庭園内には砂が堆積していた。砂が多い場所は塩害に遭っている。

「どこかに、まだ使えそうな土はないかしら」

ランシュは明かりで地面を照らしながら、這《は》うようにして砂の堆積が少ない場所を探した。

朽ちて倒れた木の柵を見つけ、その下を掘ってみることにした。

表面の土は乾いて固くなっていたが、袋からシャベルを取り出して深く掘り進むと、中の土は少ししっとりしていて、握りしめるとひと塊になる粘り気が残っていた。

もっと下の土なら使えそうだ、と期待に目を輝かせた時、

「動くな」

「っ……」

背後から低い男の声がして、ランシュは悲鳴を呑み込んだ。足音にはまったく気づかなかった。

「ここで何をしている」

抑揚のない声で問われ、首筋に冷たいものが触れる。

大きな剣が首にひたと当てられ、ランシュは硬直した。

「何をしていると聞いているんだ」

感情を消した声に、ランシュの身体が震える。

「あ…、わた…し…」

「女か？」

カチーフを巻いているので、間違えたのだろう。それに、こんな夜中に女が出歩くはずはないと思っていたのかもしれない。

「そんな格好で、女が何をしている」

気が強いランシュも、さすがに怖くて声が出なかった。

「ここには金目のものなど埋まっていないぞ」

近衛の夜警が来るなんて…。どうしよう、ガイジュ。

捕まったら、ガイジュがどんなに心配するだろう。もっと下調べをして来るべきだったと後悔する。

自分は牢屋《ろうや》に繋がれてもかまわないけれど、借金を残したままにはしておけない。借金の返済で、ガイジュがトロイに無理難題を押しつけられるかもしれないからだ。

「答えろ」

「土を…、土が欲しくて」

「土？　土を盗みに来たのか？」

呆《あき》れたような声に変わり、剣が首から外された。

ランシュは顔を上げずに男のほうを向くと、地面に着くほど頭を下げた。なんとしてでもここから帰らなければならない。

「見逃してください。なんでも言うことを聞きます。どうか、私に土をください。お願いします！」

必死だった。

「ほう、なんでも」

男の声は嘲《あざけ》るような響きを含んでいた。

「はい。お願いします」

「ならば…、お前の身体を差し出せ、と言ったら？」

ランシュは息を呑んだ。

「できないだろう。軽々しくなんでもと言うからだ。出まかせを言って逃げようという魂胆だろうが、そうは…」

「それで土がもらえるのですか？」

男が話しているのを遮って問うた。

顔を上げると、いかにも兵士らしい大柄な男が立っていて、ランシュを見下ろしていた。整った精悍《せいかん》な顔立ちだった。ランプの明かりの陰影で、顔の彫りが深いことがわかる。声は低く落ち着きはらっていたので、もっと年上かと思ったがまだ若く、ランシュよりもいくつかだけ上のようだ。

カチーフは巻かず、長い黒髪を後ろでひとつに束ねて背中に流してある。

貴族の子弟なのではないかと思った。髪が長いのもそうだが、貴族の二男、三男には、近衛隊に入隊するものが多いと聞いていたし、身につけている制服はランプの明かりで光沢を放ち、上等な綿布で仕立ててあるのは夜でも一目瞭然《りょうぜん》だ。マントには細かな縁飾りがついていて、履いているサンダルも革製の質のよいものだ。

男は険しい表情で見下ろしていたが、ランシュの顔を見て目を眇《すが》めた。

「本気か？　身を委《ゆだ》ねた後に、金をよこせと言いそうだな。残念ながら手持ちはないぞ」

「そんなこと言いません。土さえいただければ、それでいいのです」

ランシュはきっぱり言いきった。

城壁の外側とはいえ、王城に忍び込んだのだ。盗賊とみなされ、すぐさま首をはねられていたかもしれない。

どうせ借金が返せなかったら、娼館《しょうかん》に身を売るか、太っちょの慰みものになるしかないんだもの。

ならば、花を育てるために身を投げ出すほうがよっぽどマシだ、と覚悟を決める。

それでもし花が咲かなくても、後悔しないわ！

「どうしてそこまでここの土を欲しがる」

男は土の対価に身を差し出すことを訝《いぶか》しんだ。

「それは…」

答えたくなかった。花や野菜を育てると言うと、たいていの人は苦笑するか、憐《あわ》れむような表情を浮かべるからだ。

「こんな呪われた庭園の土が欲しいのか？」

「呪われた？　なんて酷いこと言うの。そんな言い方やめて！」

尊敬する王妃をバカにされたようで腹が立ち、つい口走ってしまった。

「私に向かって、よくもそのような」

「だって、ここは王妃様の庭園なのに…」

男の怒りに小さくなりながらも、ランシュは言い添えた。

機嫌を損ねたのではないかと危惧《きぐ》したが、男は廃墟となった研究ハウスに目をやり、そうとも言うな、と呟いた。

ちょっぴり怒りを含んでいるようにも、どことなくばつが悪そうにも聞こえる。

こんな王城の外れまで見回りに来なければならなくて、この人は怒ってるのかしら。

ほとんど表情を変えない冷たそうな男に、少しだけ人間味を感じた。

素敵な人なのに。

国王と王都を守る近衛隊は、規則が厳しいことで有名だ。紺色の制服を身につけ、剣を携えた姿は凛々《りり》しく、若い女の子に絶大な人気がある。

ランシュも問屋街で道に迷った時、助けてもらったことがあった。目的地まで案内してくれた二人の近衛兵は颯爽《さっそう》としていて、顔はいまひとつだったけれど、にこやかで気さくで紳士だったのだ。

男は研究ハウスだった廃墟を見つめていた。

横から見ても雄偉で、若いのにどことなく風格がある。街を巡回すれば、年頃の女の子は誰もがうっとりと見つめるだろう。

これで笑みを浮かべたら…。

笑った顔が見たいと思ったが、盗みに入って身体を差し出そうとするような女には見せてくれないわよね、とランシュは残念に思った。

「あの、土はいただけるのですね」

ランシュが念を押すと、男は不機嫌な顔になる。

「私を疑うのか」

そう言われても、初めて会ったのだ。近衛兵だということしかわからないのだし、終わった後に手ぶらで放り出されたら、弄《もてあそ》ばれ損だ。

「時間もない。とっとと済まそう」

男は仏頂面で、ランシュの手を強引に摑んだ。

「待って！」

「やめたくなったか？」

小馬鹿にされたようで、違います！　と強く否定する。

もらうものはもらわなきゃ！

ランシュは掘り返した土に触って、ここならばと当たりをつけ、綿布袋の中から麻袋を取り出した。男は無言で傍らに立ったまま、ランシュを見下ろしている。

変な女だと思っているのでしょうね。

土のために身を差し出したと知ったら、ガイジュは泣いて怒るだろう。

お祖父ちゃんは…と考え、小さく頭を振った。

もう決めたのよ。

行きずりの男に身を委ねるという大それたことをするのだ。怖くないわけではない。まっさらな身体で、口づけすらしたことがないのだから。けれど…。

いずれ誰かとするかもしれないんだし、太っちょトロイなんかより、何百倍もこの人のほうがいいじゃない。かっこいいし、土だってくれるんですもの。

ランシュはふたつの麻袋を広げると、シャベルで勢いよく土を掘り始めた。


塀の上に立ち、ロープに結びつけた土の入った麻袋を引っ張り上げながら、ダイル・クロストム王子は困惑していた。

妙なことになった…。

スウエッテン共和国から先日帰国したばかりのクロストムは、非常に疲れていた。

輸出交渉は三日間。共和国の地域代表が集まり、クロストムと同じ卓についた。

父よりも年嵩《としかさ》の相手数人とやり合うのは大変だったが、強気で挑んだ交渉は予想以上の成果を得た。交渉が終わる頃には政治家として一目置いてもらえるようにもなり、彼らとの対話は楽しくもあった。

　ここまで息子がやるとは思っていなかったのだろう、父も手放しで褒めてくれた。俺の隠居はもうすぐだな、などと冗談を言って笑い、ゆっくり身体を休めるようにと労《いたわ》りの言葉をかけてくれた。

　渓谷を越え、北のスゥエッテンまでは長旅だが、クロストムは旅が好きだった。自国では見られないもの、感じられないもの、食べられないものを楽しむことができる。

　初めて訪れたスゥエッテンの森は、雄大だった。

　森の中は空気がしっとりしていて、ウラドノールの暑く乾燥した砂漠とは相反する場所だった。両手で抱えられないほどの太い幹を持つ木が林立し、クロストムはあまりの大きさに恐れを抱いた。

　白く霞《かす》んだ朝靄《あさもや》の木立は美しく神秘に満ち、その中を歩くだけで身体に力を与えてくれるような気がした。ダレン山脈のさらに奥へ分け入るともっと大きな木が生えていて、人を襲う巨大な黒い獣がいると聞けば、然《さ》もありなんと思えた。

　交渉だけなら心地よい疲れで旅も終われたのだが、王子となるとそれだけでは済まされない。疲労の原因は、滞在中に舞踏会やお茶会に招かれ、着飾った女性たち相手に踊り、どうでもいい実のない会話に長々とつき合わされたり、笑顔を振り撒いたりしたからだ。

　第二王子である弟のダイル・マテアム・ウラドルはそんな場にうってつけだが、クロストムは華やかな場よりも、近衛隊の訓練場で剣を振るうほうを好む男だった。

兄さんは堅物すぎ、とマテアムに笑われるほどだ。

女性たちに会話を合わせ、終始笑みを浮かべ続けることはできるが、クロストムにはとんでもなく苦痛で、体力的よりも精神的に疲弊したのだ。

ウラドノールからスゥエッテンへ行くには、陸路でシンガを通るか、香の港から船で向かうかのどちらかになる。隠密裏に旅人を装って抜ける場合もあるが、今回は正式な使者として赴いたので、陸路での往復と決めたクロストムは、往《い》きはシンガ王に、帰りは香皇帝に目通りを願った。

香の皇帝は亡き母の父であり、クロストムにとって祖父でもあった。

二年後、マテアムが香皇国に婿入りすることが決まっているので、挨拶《あいさつ》もかねて拝謁《はいえつ》した。その際、母の話題が出た。

母が亡くなって十五年が経つ。

思い出すことはほとんどない。亡くなったのはクロストムが幼い頃だったたし、あまり一緒にいなかったので、覚えていないというのが正直なところだ。

クロストムがはっきり覚えているのは、母の紫色の瞳だけだ。

帰国して各部署への報告や手配がやっと一段落し、月が綺麗だったのでふらりと散歩に出て、久しぶりに庭園まで足を延ばしたのは、香皇帝と母を懐かしんだからだ。

誰も寄りつかない朽ち果てた庭園。

父も弟も、廃園になってからは足を踏み入れていないようだ。話題に上ることもない。クロストムもひとりになりたい時くらいで、めったに来ない。

そんな場所だったから、夜中に人が、それも、娘がいるとは思わなかったのだ。

「すぐそこにポルウが、えっと、ロバがいるはずなので、近くに落としていただければ…」

塀の外には、土を積んで持ち帰るためのロバが繋がれていた。女の身で土の詰まった麻袋を背負って、塀を登るつもりだったようだ。

とんでもないじゃじゃ馬だな。

ガドラを着た娘は薄汚れた顔をしていたが、よく見ると目鼻立ちは整っていて、明かりの加減で黒く見えていた瞳は、ウラドノールでは珍しい紫色だった。

プルメリア大陸では何百年も戦は起こっていない。何世代も前には、肥沃《ひよく》な土地を求めて香やシンガへ攻め入ったこともあったが、宝石が産出されるようになって、無駄な戦をしなくなって久しい。

現在、ウラドノールの王城を取り囲んでいる城壁は一の城壁だ。昔あったとされる二と三の城壁は、今では二の城壁の一部が残っているだけ。積み上げられていた岩や石灰岩は、民の家を作り、街道を整えるのに転用されてしまった。

海を渡った他大陸からはきな臭い話が時々流れてくるが、プルメリア大陸ではそれぞれの特色を生かした特産品の交易で、国同士のバランスが保たれていた。大陸中を人々が行き交い、ハーフも多く見られる。

しかし、ウラドノールは砂漠と岩山だらけの暑く乾燥した国土で、緑豊かな国の人間には暮らしにくく、他国から来て住みつくものは少なかった。『呪われた大地』へ自ら嫁いできたリンミン王妃のような人間は稀で、変わりものと言ってもよかったのだ。

クロストムは麻袋をふたつ、ロバを驚かさないように落とすと、心配そうに見上げている娘のもとへと飛び降りた。

後ろめたいことなど何もないというような瞳で、娘は堂々とクロストムを見た。そして、ありがとうございました、と深々と頭を下げる。

夜中に王城へ忍び込んでくるのは、豪胆なのか、後先を考えていないのか。身持ちの軽い女にも見えない。クロストムを王子だと知らないようなので、愛妾狙《あいしょうねら》いでもなさそうだ。

変な娘だ。自分を蹂躙《じゅうりん》する相手に礼を言うなんて。

身体を差し出せと言ったのは本意ではない。安易に身を任せてきたり、暴れて抵抗したりするようなら捕まえるつもりだったが、そう言って脅せば、生娘なら許しを請うて逃げ出すだろうし、少し怖い思いをすれば、二度と忍び込んだりしないと考えてのことだったのだ。

だが、娘は土の対価に身体を差し出そうとしている。

困ったな。こんなはずでは…。

逃がしてやってもよかったが、クロストムは少しの間、娘につき合うことにした。母と同じ色の瞳をした娘に、興味が湧《わ》いたのだ。

無知だから身を差し出そうとするのだ。少し身体に触れれば、怖くなって泣いてやめてくれと頼んでくるだろう。よくよく言い含め、土を持たせて逃がしてやればいい。

そう決めたクロストムは、砂が堆積する少し開けた場所に羽織っていたマントを敷くと、娘をその上に座らせた。

「あ、あの…」

怖気《おじけ》づいたのか、娘は戸惑っているようだ。

「まだ始まってもいないが、やめてほしいのか？　まさか、絹の寝床を用意しろとでも」

「いいえ。マントが上等な綿布だから、もったいないと思って…」

この状況がわかって言っているのか？

呆れながらも、気にするな、と言うと、娘はためらいなく仰向《あおむ》けに寝転がる。

目を瞑《つぶ》ってじっとしている娘を見下ろし、クロストムは苦笑いを浮かべた。

開き直っているのか諦めているのか、恥じらいも色気もない。

まったく…。

身体の上にのしかかっても、娘は人形のように動かなかった。ならば、と首筋に唇を這わせようとすると、娘が突然目を開けた。

クロストムは動きを止めた。

娘がやめる気になったようで、やれやれ、と心の中で安堵《あんど》すると、

「私、何かしたほうがいいのでしょうか」

と真剣な顔で聞かれ、老獪《ろうかい》な論客相手にも議論を吹っかけるクロストムが答えに窮した。

まさか、そんなことを聞かれるとは思わなかったのだ。

何もしなくていい、と答えると、娘は再び目を閉じる。

娼婦のように、男を楽しませる手管を持っているわけでもあるまいに。

前開きのボタンを外し始めると、身を固くするものの動かない。

どこまで我慢できるかな？

ボタンをすべて外すと、肌の代わりに白い綿布が見えた。帯状の綿布が胸に幾重にも巻いてある。

娘は、あっ、と言って起き上がると綿布に手をかけ、ほどこうとしてためらいを見せた。

ここで許してやるか…。

そう思ったクロストムが止める間もなく、娘は綿布を解いた。

現れたのは、抜けるように白い豊かな乳房だった。娘が両の腕で隠しても、たわわな果実は隠しきれず、腕から零《こぼ》れ出ている。

クロストムは息を呑んだ。そして、衝動的に娘の手を掴むと、乳房を露《あら》わにした。

「っ……」

娘は恥ずかしそうに顔をそむける。

美しい……。

月とランプの明かりに照らされて、豊かな乳房は青白く光っていた。娘の顔や手は身体に比べると日に焼けていたが、元は白いのだろう。

貴族の令嬢でも、ここまで白い肌をした女性はウラドノールにはいない。外出する時は日除けの綿布を被り、日中は室内にこもって焼けないようにしていても、元々ウラドノール人の肌は白くないのだ。

「香人か？」

「違います」

娘は顔をそむけたまま否定した。

紫色の瞳と白い肌は、香人とのハーフなのかもしれない。

クロストムの手は無意識に乳房に伸びていた。

すくい上げるように触れると、柔らかで弾力のある乳房はたっぷりとした重みがあり、掌に収まりきらないほどだった。軽く揉《も》むと指を押し返してくる。

たまらず娘を押し倒してのしかかると、クロストムは荒々しく乳房を揉みしだいた。滑らかな肌が掌に吸いつき、中央に飾られている慎《つつ》ましやかなピンク色の乳首が妖《あや》しく誘う。

むしゃぶりつこうとして、クロストムは動きを止めた。不安げに揺れる紫色の瞳で、娘がクロストムを見ていたのだ。

私は…。

クロストムはうろたえた。

脅かす程度にするつもりが、まるで獲物に襲いかかる獣のようになっていたからだ。

女性に不自由したことはない。望めばたいていの我儘《わがまま》は通る立場だし、望まなくても自分の娘を差し出そうとするものや、自ら近づいてくるものもいるのだ。

だからといって、安易に手は出さないけれど…。

元来、クロストムは色を好むほうではない。立場を利用して嫌がる相手を強引に求めたことはなく、それに、宮廷には後腐れなく遊べる未亡人などの相手はいくらでもいる。夜に忍びで繁華街をぶらつけば、客を引く娼婦たちが群れて寄ってくるのだから。

一瞬でも理性を失ってしまった自分に、クロストム自身が驚いていた。

「怖気づいたのなら、やめてもいいんだぞ」

娘の顎《あご》を摑んで顔を近づけると、己の狼狽《ろうばい》をごまかすため、敢《あ》えて皮肉交じりに言った。

娘が頷《うなず》けば、ここでやめられるのだ。

やめてくれと言え。

クロストムは願ったが、娘はまっすぐにクロストムを見つめた。

「いいえ」

娘の瞳に気押《けお》されそうになる。

「なんて強情な」

娘は機嫌を悪くしたのか、小さく唇を尖《とが》らせる。そのしぐさが愛らしいと思った。

ふっくらとした唇を啄《ついば》みたくなるのをクロストムはこらえた。

娘は目的のために仕方なくやっているのだから。

では、自分はどうなのだ、と疑問が湧く。

娘の行いを戒めるためではないか。

本当にそうなのか？

当然だ。だから、少し怖い思いをさせなければ。それに、娘が望んだことだ。

心の中で言い訳していると、

「そっちこそ、怖気づいたのでは？」

娘が挑戦的に言い返してきた。

「なんだと」

王子であるクロストムに対し、こんな物言いをする娘は初めてだった。

カッとなったクロストムは、獲物の急所を噛むように細い首筋に歯を立てた。

「あっ」

首筋から鎖骨へと、滑らかな肌に舌先を滑らせる。時々甘嚙みし、強く吸い上げては、白い胸元に朱色の痕《あと》をいくつもつけ、乳房の中央に飾られた冷たい乳首にしゃぶりついた。

「……ん……っ」

娘の慄《わなな》きが肌を通して唇に伝わってきたが、クロストムは己の欲望を抑えることができなくなっていた。魅惑的な娘の身体が、欲しくてたまらなくなったのだ。

乳房を鷲摑みして、ひとしきり両の手でその弾力を楽しむ。張りのある乳房と滑らかな肌に、クロストムは夢中になった。

最初のうちは身体を固くしていた娘だったが、執拗《しつよう》に嬲っていると次第に力が抜けていき、固く尖った乳首をクロストムが指先で捏《こ》ねると、娘は甲高い小鳥のさえずりのような声を漏らした。

「あぁぁぁ……」

「感じているのか？」

「はぁっ……んっ」

口に含んで舌先で転がすと、甘い吐息が吐き出された。尖りを甘嚙みすると、娘は身体を仰《の》け反《ぞ》らせ、クロストムの両肩をぎゅっと摑む。

快感を得ている様子に気をよくして、肌の上で掌を行きつ戻りつしながら、脇腹から掌を徐々に下肢へと移動すると、くすぐったいのか娘は身をよじった。

豊かな乳房とは対照的に、腰は折れんばかりに細い。その細腰に結ばれたズボンの腰紐《ひも》を解き、下着の中へと手を滑り込ませれば、蒸れた叢《くさむら》が指先に触れた。

柔らかな叢を指先に絡め、もっと柔らかいであろう髪に触れたくなる。だが、娘の髪はカチーフにしっかりと包まれていた。

どんな色をしているのだろう。

髪にも触れてみたかったが、叢の奥に隠されている蜜壺《みつつぼ》を暴きたい欲望が抑えきれず、クロストムは叢をしばらく指先で弄ぶと、小さな丘のさらに奥へと進んだ。

ズボンを少しずつ下ろしながら熱のこもる谷間を撫で、円を描くように刺激する。谷間に潜む小さな芽を摘まんで愛撫《あいぶ》すると、娘は身体を震わせた。

「…っん…」

蜜壺の入り口はすでに潤んで熱くなっていた。

人差し指でゆるりと撫でると、滴った蜜がクロストムの指を湿らせる。娘の白い太腿《ふともも》を左右に開き、狭い蜜壺にほんの少し指を差し込んでかき混ぜれば、いやらしい粘ついた音が響いた。

蜜壺の奥は柔らかで、クロストムの指にまとわりついてくる。

すぐにでも、分身を突き入れたい衝動に駆られ、気が急《せ》いて、さらに奥深く指を忍ばせると、娘の身体が大きく跳ねた。

顔を上げて娘の様子を窺《うかが》えば、娘は唇を嚙みしめていた。固く閉ざされた娘の眦《まなじり》から涙が零れ、頭に巻かれたカチーフへと染み込んでいく。

それを見たクロストムは罪悪感に駆られた。

娘は好きで身を任せているわけではない。対価を払おうとしているだけだ。私は、ほんの少し娘を窘《たしな》めるつもりではなかったのか……。

娘のズボンの中から手を引き抜くと、娘ははっとしたように目を開いて、クロストムを探した。紫色の瞳にたゆたった涙が、瞬《まばた》きすると、ぽろりと左右に流れ出る。

「興ざめだ」

突き放すように言って、クロストムは身体を起こして娘から離れた。そうでも言わないと目の前の娘から離れがたく、すでに滾《たぎ》った己の分身を抑えることができなかったのだ。

欲望のまま突き進んでしまい、酷いことをした、と後味の悪さが残る。

「待って！」

娘がクロストムの手を摑んだ。

「泣いて嫌がる女を抱くつもりはない」

自分への言い訳だった。

「これは、これは条件反射。そう、条件反射なの。気にしないで」

慌てて涙を拭き、必死に言い訳する娘をクロストムは見下ろした。

「お前はどうしてそこまでするのだ」

そこまでして土を欲しがる理由が、クロストムにはわからない。

「土が必要なのは、何かを育てるためなのか？」

その問いに、娘はほんの少し反応したが、それでも話そうとはしない。

クロストムは溜息《ためいき》をついて、帰れ、と言った。

「いや、嫌です！」

娘は縋《すが》りついてきた。

「興ざめだと言っただろう。もういい、とっとと帰れ」

「でもっ！」

途中でやめると、土がもらえないと思っているのだ。

「持って帰るがいい」

クロストムの言葉に、娘は目を見張った。

「これでわかっただろう。自分のしようとしていたことがどんなことなのか」

娘は慌てて身を小さくし、両腕で胸を隠した。隠しきれていない白い果実には、クロストムのつけた赤い印がいくつも見える。

自分の犯した罪に居たたまれず、クロストムは娘から視線を外した。

「土はすでに塀の外だ。お前があれを拾って持って帰っても、咎《とが》められることはない」

「本当に？」

「私を疑うのか？」

娘は涙を飛び散らしながら、頭を振った。

服を着るように言い、クロストムは立ち上がって背を向けた。しばらくして、パタパタと音がしたと思ったら、ありがとう、とマントが後ろからそっと差し出される。

汚れを払ったマントをクロストムが受け取ると、娘は鼻を啜《すす》りながら歪《ゆが》んでいたカチーフを深く被り直した。

衣服を整えた娘には、さっきまでの色めく姿はどこにもなかった。

娘は深々と頭を下げると塀へと向かう。

「土が欲しければまた来るがいい。だが、次は覚悟して来い」

娘が振り返った。

クロストムは早く行けというように手を動かすと、ロープを摑んで身軽に塀を登っていく。塀の上にたどり着いても去りがたいようで、娘はクロストムを上から見下ろしていた。

もう一度、行け、と軽く手を振ると、娘はぺこりと頭を下げて姿を消した。

娘の姿が消え、クロストムはすぐさま塀に背を向けた。だが、真夜中に娘をひとりで帰すのは危険だ、と思い直して振り返り、追いかけようと一歩踏み出して、なぜ私がそこまでしなければならないのだ、と考え思い留まった。

そうしている間に、砂を踏みしめる音が塀の向こうから微《かす》かにした。耳を澄ませ、しばらく砂の音を確かめていたが、それもすぐに聞こえなくなった。

クロストムはなぜかこの場から立ち去りがたかった。娘が横たわっていた地面にどっかりと腰を下ろすと、仰向けにごろんと寝そべる。

ふたつの月は塀の陰に隠れ、満天の星空が広がっていた。しばらくそうしていると、空に向かって身体が吸い込まれそうな気がした。

ふと、今の出来事は夢だったのではないだろうか、と思えてくる。疲れすぎていて、ここに来てから眠ってしまい、おかしな夢を見ていたのではないか、と。

だが、娘は確かにいた。この手で娘の肌に触れたのだ。

「だいいち、土を掘り起こした穴がそこに開いているではないか」

塀を見上げても、娘の姿はもうそこにはない。それなのに、塀の上から見下ろす娘の幻影が、クロストムの目に映っていた。

「……変な娘だ」

クロストムは呟くと塀に背を向け、幻影を消し去るために目を閉じた。

中天にあった大きな月は姿を消し、それを追いかける小さな月もだいぶ傾いていた。

ランシュはポルウと並んで街道を速足《はやあし》で歩いていたが、ふいに立ち止まった。とめどなく涙が溢れてくる。

歩みを止めたランシュにポルウが、どうしたの？　というふうに鼻面を寄せた。

「ポルウ…」

日なたの匂《にお》いがする温かなポルウの首を抱きしめ、しばらく涙したランシュは、落ち着きを取り戻そうと深呼吸した。涙を袖で拭って脚に力を入れ、なんとか歩き始める。

日が昇るまでにはまだ時間はあるはずだが、急いで帰らなければならない。

「どうして、あんなことをしてしまったのかしら」

男の愛撫を思い出し、ランシュは熱を持ったままの身体を震わせ、ほうっと息をついた。

借金返済で進退極まっているとはいえ、大胆にも男を挑発してしまった。

熱い吐息。大きな掌。柔らかな舌。

男のがっしりとした身体は固くて重く、剣を振るうのであろう腕は力強かった。

「すぐに忘れるわ」

平気よ、と自分に言い聞かせたものの、男の愛撫が肌に刻み込まれてしまったように、身体の奥底には淫靡《いんび》な感覚が巣くっていた。

ポルウの手綱を強く握り、ランシュは火照った身体を抱きしめた。

あの場所に、未《いま》だ男の指が入り込んでいるようだったし、我が身が放った卑猥《ひわい》な音が耳から離れなかったのだ。

身体を差し出すと決めた時、いずれ誰かと行う単なるひとつの儀式なのだと、トロイよりもマシなのだとあっさり覚悟が決まり、男に触れられても不思議と怖くなかった。

緊張していたのか最初は何も感じなかった。ドキドキしたのは未知なる体験への不安と恥ずかしさからであって、恐怖や嫌悪ではなかったし、涙が出たのも、悲しいとか辛いとかではなかったように思う。

「皆、あんなことしてるのかしら。ルインも……」

セドンの娘ルインは先日、隣村へ嫁いでいった。相手は十も年上の厳《いか》つい大男で、相手があれでは小柄なルインが壊されてしまうのではないか、と不安になった。

村の作業所に通う女の子は、一緒に働く大人の女性から織物を教えてもらうが、仕事や家事や子育てだけでなく、もっといろんなことを聞いたり学んだりする。

たとえば、恋人や夫から求められたら、女は閨《ねや》でどうすればいいのか、といったようなことだ。

しかし、ランシュはそういう場には加わらなかったし、植物を育てることばかりに熱中していて、異性にはまったく興味がなかった。

同じ年延《としば》えの娘たちは結婚し、すでに母親になっている子もいるというのに、おしべとめしべの受粉は知っていても、人間同士の交わりには詳しくなかった。

はっきり言えば、無知で子供だったのだ。

男に愛撫されると無意識に声が出て、抑えようにも抑えられなくなり戸惑うばかりだった。身体の奥底から言いようのないじくじくとした疼《うず》きが起こっても、それが快感だと知らなかったのだ。

ランシュの身体には男の気配が濃厚に残っていた。王城から遠く離れても、傍《そば》に男がいるような気がする。

煙のようにまとわりつく気配を消し去ろうと、ランシュは自分の頬を両手で叩いた。

ポルウが驚いたように足並みを乱す。

「ごめんね、ポルウ。なんでもないの。なんでも…」

ポルウの首筋をそっと撫でた。

『土が欲しければまた来るがいい。だが、次は覚悟して来い』

去り際に、男はそう言った。

「今度こそ成功するんだから。だから…」

もう、会うこともない。

ランシュは王城を振り返った。

月とランプの明かりに照らされた、精悍で、怒っているような男の顔が浮かぶ。

ガイジュと寝床に寝転がって語り合ったり、嵐の激しい夜は怖くて寄り添って眠ったりするけれど、セドンのおかみさんに、まるで姉妹のようだ、と笑われるくらいガイジュは華奢《きやしや》だったし、弟に異性を感じたことはなかった。

男に抱き締められ、ランシュは初めて異性というものを意識した。

変わりもので通っているランシュに恋人はいない。頻繁に顔を合わせて話をする男性は、セドンをはじめとする村のおじさんばかり。その息子たちは、ガドラを着て畑仕事をするランシュにまったく興味はないようで、ガイジュのほうに親しく声をかけるほどだ。

「ガイジュのほうが綺麗だもの…」

ランシュにしつこく話しかけてくる若い男といえば、トロイくらいだ。

「太っちょに言い寄られたって、ちっとも嬉しくないわ」

ランシュは溜息をついた。

家を出た時と外見は変わっていないのに、なんだか、身体の中身を作り変えられてしまったような気がする。

あのまま最後まで奪われていたら、自分はどうなってしまったのだろう。もっと違う身体になってしまったのだろうか。

「でも、途中でやめてくれたし」

強引に奪えたのに、男はあっさりランシュを突き放した。少し怒っているような男の口調は、無謀なことをするな、とランシュを気遣っているようにも思えた。

「私を心配してくれたのかしら。だから、何度もやめるかって聞いたのかしら」

単なる行きずりの男。

望んでいた庭園の土を手に入れたのに、家路についてからずっと、花を育てられる喜びよりも、男のことばかりが頭の中を占めている。

今日は土作りよ！　と声に出して気持ちを切り替えようとしても、無駄な努力だった。

ランシュは諦めて夜空を見上げた。

小さな月も、岩山の陰に姿を隠そうとしている。

「あの人の名前、聞かなかった」

男からも聞かれなかった。聞かれたら、答えていただろうか。

「笑ったらもっと素敵なのに」

男の笑顔は最後まで見ることはなく、それがちょっぴり残念だった。


家の中から明かりが漏れている。

揺らめく明かりにランシュはほっとすると、急に脚がガクガクしてへたり込みそうになった。意識はしていなかったが、気を張り続けていたのかもしれない。

「でも、どうして明かりがついているのかしら。ガイジュはまだ眠っているはずなのに」

目を細めると、家の外で影が動くのが見える。

「ガイジュに何かあったのかしら」

ポルウを急《せ》かして歩みを速め、さらに家に近づくと、動く影がガイジュだと気づいた。ガイジュもランシュを認めて駆け寄ってくる。

「ランシュ、いったいどこに行ってたの？」

朝焼けが始まるまでにはもう少し時間がある。最近、夜遅くまで毛織物を織っているガイジュが、まさかこんな時間に起きているとは思わなかった。

「綿花畑まで…」

街道と綿花畑とは方向が違うのに、そんな言い訳しかできない。

「ポルウを連れて？　嘘《うそ》だ。畑まで探しに行ったけどいなかった」

「ガイジュこそ、こんな時間に起きてるなんて」

「収穫が残ってるって昨日言ってたよね。日差しが強くなる前なら手伝えるから、早く起きたんだよ。夜中にひとりで出かけるなんて、危ないだろ」

「運ぶものがあって…」

ガイジュは怪訝《けげん》な顔をした。

ちょっと…、と言いよどむと、ガイジュが淡い紫色の瞳でまっすぐに見つめてくる。

「王妃様の庭園に行ってきたの。土をもらいに」

ランシュは白状した。

「あそこは閉鎖されてるはずじゃ…。まさか、王城に忍び込んだの？」

ポルウの背に積んである麻袋を見てガイジュは叫び、はっとしたように口を噤《つぐ》んだ。

ランシュたちの家はポツンと一軒建っていて、隣のセドンの家までは距離がある。しかし、少し離れた場所には他の家の芋や綿花の畑が点在している。空が白み始める前だが、誰かが畑にいないとも限らない。

ガイジュはポルウの背から土の入った麻袋を下ろそうとした。

「私がするわ」

「ランシュに比べたら体力も持久力もないけど、これくらい僕だって持てる」

突き放したように言うとガイジュはひとりで麻袋を下ろし、ポルウの手綱を家の脇の岩に結びつけ、ランシュを家の中に押し込んだ。

「どうしてそんな危ないことしたの。もし見つかったら、首をはねられていたかもしれないんだよ！」

家に入ると、いつもは優しくておっとりしているガイジュが、顔を真っ赤にして怒った。

「で、でも、大丈夫だったから…」

男とのことがあったので、どうしても言葉に詰まる。

「本当になんにもなかったの？」

「なかったわ」

ガイジュに、そして、自分に言い聞かせた。

「誰にも見つからなかった？　そうでなくたって、酒場帰りの酔っ払いや娼館通いする人もいるのに」

このまま話していると気づかれそうで、ランシュはごめんね、とガイジュに抱きついた。

「ガドラを着ていたって、ランシュは女の子なんだよ」

土の対価に身体を差し出したと知ったら、ガイジュはどんなに悲しむだろう。

だけど、どうしても花を咲かせたいの。私は何も変わってない。何もなかったのよ。

ランシュは顔を上げて、大丈夫だったわ、と微笑んだ。

納得していないようなガイジュだったが、これ以上聞いても無駄だと思ったのか、無事ならいいんだ、とランシュを抱きしめた。

頭の片隅で、ガイジュの腕とあの男の腕を比べてしまう。

忘れなきゃ。誰にも会わなかったのよ、ランシュ。誰にも……。

「庭園には誰もいなかったわ」

「どうやって中に入ったの？」

「塀をよじ登ったの」

ふふふ、と笑ったランシュに、ガイジュは呆れ顔だ。

「王妃様の庭園は、荒れて酷い状態だったわ。悲しくなっちゃった。植物はなんにもなかったけど、でも、土はまだ生きていると思うの。庭園の土を使えば、きっとお祖父ちゃんの花が咲いてくれる。きっと…」

しかめっ面のあの男も、花を見たら笑ってくれるだろうか。

ガイジュの腕の中で、ランシュはそんなことを考えていた。


花壇の土を庭園の土と入れ替え、ランシュは花の種を蒔いた。砂と違って、庭園の土は腐葉土のように黒くしっとりしていた。

麻袋ひとつの土に砂を多めに混ぜるか、一度に二袋を使うかで迷った。

砂を混ぜないと、ウラドノールの大地で花を育てられるとは言いがたいのだが、失敗できないので二袋とも使い、砂はほんの少しだけ加えた。

五粒の種はすべて発芽し、十日目には本葉が伸びた。以前よりもしっかりしている芽に水をやりながら、この分なら咲くだろうとランシュは期待した。

「みんな大きくなってね」

さらに何日か過ぎると、茎が伸びて葉がいくつもつき始めた。

「鉢に植え替えれば、売りに行くのに街まで運べるわ」

ウラドノールは四季の変化がない。

北のダレン山脈では、雪という雨よりも冷たい白いものが降るのだと聞いているが、ウラドノールの王都からも出たことのないランシュには、想像もできない。

なにしろ、雨が降るのも年に十数回程度。それも大した降水量ではない。曇りや風の強い嵐の日はあっても、一年を通して暑く乾燥している。

ランシュは毎日の天気を書き留めていた。お天気日記だ。十歳でつけ始めた分厚い紙の束は、かれこれ八年分の資料になる。

最初は単なる日記で、天気も適当に書き込んでいただけだったが、天候を記録するのはとてもいいことだ、と祖父が褒めてくれたので、ランシュは風の向きや強さ、雲の量や形、汗がたくさん出た、過ごしやすかったなど、細かなことまで書き記すようになった。突風や小さな嵐も風向きが頻繁に変わるので、それもできるだけ記録していた。

お天気日記を、週、月、年ごとにまとめて気づいたのは、変化が乏しいと思っていたウラドノールにも、一年を通して決まった天気の波があるということだった。

「これからしばらく風は穏やかだから、飛砂や塩害の心配はしなくていいわね」

ランシュは八年分の資料で、今後の状況をきちんと確認していたが、念には念を入れて、砂除けの綿布も張り直した。

午後から強くなる日差しで花が枯れないよう、日除けの覆いもかけた。遠くからでも鮮やかな緑が目立つようになったので、盗難予防も含んでいる。

茎がどの程度伸びるのか、開花まで何日かかるのかはわからないが、借金の返済日まで二ヵ月とちょっと。それまでは気を張らなければならない。せっかく育った花が盗まれたら大変だ。

「お祖父ちゃん、見ていてね」

ランシュの心は弾んでいた。すくすくと育つ花に、希望の光が見えていたからだ。

土を手に取ると、乾いていてもしっとりしている。

「もらえてよかった」

大きな丸い月を背に、土の詰まった重い麻袋を苦もなく塀の上に引き上げた男。にこりともしないどこか怒っているような男の姿が、自然と浮かんでくる。

日が経てば次第に記憶が薄れそうなものなのに、薄れるどころか、身体に触れられた時のぞくぞくと全身に鳥肌が立つようなあの感触も、はっきり残っていた。

「初めてあんなことをしたからよ」

だから忘れられないのだ。

「一生消えないなんてこと、ないわよね」

頬を染め、うっとりと夢見がちに語ったルインを思い出す。

『ランシュ、私、一生忘れないわ』

初めて口づけしたと、走って息を切らして報告に来た時のことだ。

『とっても素敵な人で、私の王子様なの』

そう聞いていたから、まさか、あんなに年上で厳つい男だとは思わなかった。

「どう見ても王子様って感じじゃなかったもの。王子様って言ったら…」

脳裏に浮かぶのはあの男の顔。

「あんなぶすっとした人は違うわ。王子様はもっとこう、にこやかで、明るくって…」

頭を振ってもう一度思い描いてみるが、あの男の顔しか浮かんでこない。

『心がふわふわして、あの人のことばっかり考えちゃうの』

ちっとも仕事が捗《はかど》らず、叱《しか》られてしまった、とぺろりと舌を出すルイン。

『思い出すだけで、胸がきゅーっとなっちゃってぇ』

恋人の話をするルインはとても幸せそうだった。

「あの人のことばっかり、か…」

ランシュもあの男のことばかり考えている。

姿だけではない。男の肩や腕にはしっかりと筋肉がついていたこと、胸板が厚く、のしかかってきた身体が重かったこと、その重みが不思議と心地よかったこと。

男が身体につけた赤い印は消えてしまったが、ランシュの肌は男の唇も覚えていた。

指先や舌で乳首を転がされて生み出された快感を思い出すと、男の指でかき混ぜられたあの場所が、じんわり潤んでしまう。

身悶《みもだ》えそうになり、ランシュは勢いよく立ち上がった。

「カランの実を植えないと」

ルインの結婚式に立ち会った村の娘たちが、ルインのつけていた香油が欲しいと買い求めに来るようになったのだ。

三十本のカランの蕚ではたいした量は採れないので、頼まれても売ることができない。

「のんびりしていられないのよ、ランシュ。働かなきゃ！」

ぼんやりしてしまう自分に発破をかける。

花だけに手をかけてもいられない。綿花や芋の収穫もある。

厳選した香りのよい実の入った袋を手に、ランシュは畑へと向かった。


近衛隊の隊員たちが剣を激しく交えている。

訓練用に刃引きしてあっても、当たれば当然怪我《けが》をするし、打ち所が悪いと怪我では済まない。隊員たちは皆、真剣な表情で訓練に励んでいた。

ウラドノールには軍隊がない。プルメリア大陸では長きにわたって戦がなく、解体されてしまったのだ。有事の際には、近衛連隊と、全土に組織されている民兵や貴族の私兵がその代わりをなす。

他大陸からの斥候船や海賊が頻繁に出没するスゥエッテンや香には海軍があるけれど、国土の南側を長く海に面していても、ウラドノールにはなかった。砂浜ばかりで、大型船が接舷できる港が造れないのだ。

なにしろ、海からウラドノールに攻め込むためには、小舟に乗り換えて遠浅の海を何キロも漕がなければならない。それだけでも過酷だが、さらに、途中からは海水に浸かって砂に足を取られつつ、また何キロも歩くことになる。

『呪われた大地』の名だけが他大陸へと伝わっているのか、海賊すらやってこないのだ。

しかし、戦がないといっても常に戦えるよう、近衛連隊では毎日の訓練は欠かさない。

近衛連隊はガイダル連隊長を頭に、いくつかの隊に分かれている。

下っ端の隊員は、王都内の巡回や城壁の歩哨《ほしょう》に立ち、夜間の警備や見回りも行う。階級が上がると徐々に役目は重くなり、精鋭は国王の身辺警護に当たっていた。

クロストムは王子であるが、近衛一番隊の隊長でもあった。ガイダルには及ばないが、近衛連隊では二番目の使い手だ。弟のマテアムも、別の隊の隊長を務めている。

「結局、何に使うのか言わなかったな」

このところ他国との折衝が続き、隊長としての務めがおろそかになっていたクロストムは、眠いのを我慢して部下の訓練を眺めていた。

「クロストム様、何かおっしゃいましたか？」

自分に話しかけられたと思ったのか、侍従のベルムが身を屈《かが》めて問うた。

「いや、なんでもない」

あくびを噛み殺しながら、無意識に呟いていたらしい。

「交渉から戻られてお疲れのようですのに、毎夜どこかへ…」

ベルムが言いかけて、すぐさま口を閉ざした。宰相のユラムがこちらに向かって足早にやってくるのが見えたからだ。

慌ただしい様子に、クロストムは嫌な予感がした。

「クロストム様、ご検分中申し訳ございません。実は、陛下がお忍びで…」

予感は的中した。

「また行方《ゆくえ》不明なのか？」

「はい。問屋街で見失ってしまったようでして」

人やラクダや荷車が多く通る雑多な問屋街とはいえ、大柄な国王を見失うとは…。

クロストムは溜息をついた。

国王を見失った隊員は、連隊長から叱責を受けるだろう。

「連隊長には」

「すでにガイダル連隊長が指示を出し、隊員が問屋街へと向かいました」

「もうそこにはおられまい」

皺深《しわぶか》い宰相の顔に、さらに皺が増えた。

最近、ユラムは白髪も目立ってきたな。

自由奔放な国王の手綱を握るのは大変なのだ。

「急ぎ決めねばならぬことでもあるのか？」

「実は、香皇国からのお使者が先ほど」

「マテアムの件か？」

宰相は頷いた。

マテアムの婿入りは国民に発表されておらず、未だ先のことと当の本人ものんびり構えているが、宰相や周りのものはそうはいかない。二年は長いようで短い。綿密な打ち合わせをして段取りを組み、つつがなく当日を迎えなければならないのだ。

さらに、宰相は第一王子であるクロストムの結婚話も進めたがっていた。

現国王は、クロストムの齢《とし》には二人の子を生していたから、クロストムの齢で妻を娶《めと》っていないのは遅いほうで、宰相の気持ちはよくわかる。

だが、第二王子より先に片づけてしまいたい、という心情があからさまなのだ。

だいたい、相手が…。

一番の妃候補はシンガの姫と聞いて、話が立ち消えになることを願っていた。

シンガ王国は女系で、女王自らがたくさん子供を産む。その中から健康で多産な、賢く国を守っていける力のある次代の女王を選ぶのだ。

シンガ女王は決まった伴侶《はんりょ》を持たないことでも有名だ。

スゥエッテンへ行く途中、挨拶のために寄ったクロストムは、女王と宮殿の中庭を散策している時、とんでもないものを目の当たりにした。

自分の息子のような年延えの若い庭師の男に向かって、女王が伽《とぎ》を命じたのだ。

平伏する若い庭師に満足した顔をすると、女王は何事もなかったかのようにクロストムの案内を続けた。

英雄色を好む、とは言うが、客の前で伽を命じる女傑に、クロストムは驚きを隠すのにかなり苦労した。もしかすると、七人の王女と二人の王子の父親は皆違うのかもしれない。

ウラドノールにも後宮は存在するものの、現国王には正式な愛妾がいないので使われていない。きっと、クロストムの時代になっても放置されるだろう。

クロストムは、妻はひとりでいいと考えている。もちろん、跡継ぎができないこともありえるから、その時は愛妾を持たねばならないだろうが、何人も愛妾を囲うつもりはない。

愛妾のご機嫌取りなど時間の無駄としか思えなかったし、やれ衣装だ宝石だと金を使い、茶会や晩餐会《ばんさんかい》を催すのが生きがいの女たちを何人も養う気にはなれないのだ。

だいたい、あの国の姫を娶ればどうなることか…。

引っ張り込んだ男と同衾《どうきん》している妻の姿を、自分の寝室で目撃する羽目になるかもしれない。

「来るのは明日ではなかったか?」

「海路で早まったようです」

「で、父はいないと」

申し訳ございません、とユラムは深々と頭を下げた。

宰相に落ち度はない。こっそり王城を抜け出す国王が悪いのだ。

クロストムは国王である父を尊敬している。

前王ギダン・バネロン・ウラドルが急逝し、バネロン・ダイルは十七歳で王位についた。それから二十年余り。ウラドノールの国王として見事な手腕を発揮し、国をまとめてきた。国が宝石や金の産出を調整し、むやみやたらと採掘したり、不正が起こったりしないようにしたのもダイル国王だ。

税金の納め方にも改革を進めた。

それまでは、税として決められた量の綿花や綿布を領主に納めていたが、質のよい綿花を作り綿布を織っても、納める量は質の悪いものと同じで、生産者の努力が無駄になっていた。

国王は、直接問屋や買いつけ業者に持ち込んで綿花や綿布を買い取ってもらい、売った金で税を納めてもよい、という触れを出した。

つまり、努力して良質なものを作れば作るほど、豊かになるのだ。

それ以降、よい綿花、よい織物を作ろうとする生産者が増えたことで飛躍的に品質が向上し、民の暮らしも少しずつ豊かになった。

「マテアム様のお戻りも、本日の夕刻でございまして」

「宝石脈の調査だったな」

小さな宝石脈が見つかって、マテアムは調査隊を率いて出かけていた。

まったく、父上はいったいどこへ行っているのやら。私には一ヵ月ほどゆっくりしていいと言ったにもかかわらず、ちっとものんびりできないではないか。

昔から、忍びで街をふらつくのが好きな国王ではある。こっそり出かけては、よく宰相に叱られていたが、屋台で買った菓子をクロストムとマテアムに買ってきてくれたりもした。

忍びで出かけるのはクロストムもすることで、ベルムに小言を言われる。

だが、王子と国王とでは立場が違うし、なにしろここ最近頻繁なのだ。

先日など、お前に王位を譲って気ままに暮らしたい、などとんでもないことを呟いていたから、気にかけていたのだが…。

「わかった。父上が戻ってこられなければ、私がお相手しよう」

宰相は頭を下げると、足早に戻っていった。

好き勝手なことをしている国王ではあるが、偉大な賢王だ。無駄なものは省き新しいものを取り入れ、失策だと気づけばすぐに改める潔さ、時期を見極める判断力や決断力もある。疫病が流行《はや》った魔の年、現国王バネロン・ダイル・ウラドルは若干二十三歳だった。自ら国中を駆け回り、その若さで疲弊したウラドノールを数年で復興した。

私が二十三になった時、父と同じようなことができるのだろうか…。

クロストムは考える。

昨年起こった男爵《だんしやく》立てこもり事件は、自分でも上手く解決できたと思っている。不正を働いた罪を言い逃れた男爵が領地に逃げ帰り、自らの城に領民を引き入れて立てこもったのだ。国王はクロストムに討伐隊の陣頭指揮を執らせ、クロストムは領民の血を流すことなく事件を終結させた。

先日のスゥエッテンとの折衝も、宰相以下、役人たちに力量を認めさせることができたと自負している。

それでも、現国王の跡を継ぐ立場としては、かなりの重圧を感じていた。役人も兵士も国王を尊敬しているし、民にも慕われているからだ。

国王とは違う国作りを、もっと国を豊かにする新しい政策を、考えなければならない。

クロストムには、ひとつの考えがあった。

もう一度、国内で食料を生産する研究を進めることだ。

宝石も砂金も潤沢で、新たな宝石脈の発見もある。しかし、資源は無限ではない。いつか取り尽くしてしまう日が来る。

その時、ウラドノールには何が残っているのだろうか。

国内で賄える食料は、主食の芋と海で獲《と》れる魚介類だけだ。芋以外の穀類や野菜、果物は香に、肉類とラクダや馬の飼料はシンガに依存している。

食料生産が難しいのはクロストムも十分理解していた。母の残した研究書にすべて目を通して、クロストムは知ったのだ。香から肥沃な土を持ち込み、たくさんの腐葉土と肥料を与え、ウラドノールの砂を一切排除した庭園。

王妃の庭園は、結局のところ小さな香皇国でしかなかったということに。

所詮《しょせん》、あの庭園は母上の遊び場だったのだな。

王妃が亡くなった後、国王が研究者や技術者を帰国させたのは、庭園の存在意義を理解していたからに他ならない。

マテアムが香に婿入りするのを機に、もう一度研究者や技術者を派遣してもらうことも考えているが、それには疑念もあった。香の技術をもってしても、塩を含んだ砂地で植物を育てることは、並大抵のことではないということだ。

食料生産を掲げるにも、クロストムは何から手をつけてよいのかわからず、役人に相談もできなかった。綿花や芋には詳しくても、花や野菜を育てた経験者がいないからだ。

クロストムは悩んでいた。

『呪われた大地』で植物を育てるのは無理なのではないか、と。

だから、忘れられなかったのだ。

真剣な眼差《まなざ》しで自らの身体を差し出してでも、土が欲しいと言った紫色の瞳を持つ娘を。

わずかな光の中で見た娘の、力強く輝く紫色の瞳から発する激しいまでの情熱。あの情熱がいったいどこから来るのか、クロストムは知りたかった。

口を閉ざしていたが、綿花や芋以外の何かを育てているのは間違いないはずだ。

無理だと諦めるのではなく、小さな一歩でもかまわない。自分と同じ思いを胸に秘めている誰かと、その思いを分かち合いたかったのだ。

私の話を聞いてくれるだろうか……。

唇を少し尖らせた顔はかわいいと思った。肌は抜けるように白く、綿布の鎧《よろい》の下には豊かな乳房が隠されていた。張りのある肌は掌に吸いつくようで、香の絹よりも滑らかだった。

あの白く美しい身体を思い出すと、未だに身体が熱くなる。

「クロストム様」

不意に声をかけられ、クロストムは我に返った。

「…なんだ」

「やはり、まだお疲れなのでは。夜はゆっくりお部屋で休まれたほうがよいのではないかと思うのですが」

クロストムは毎夜、部屋を抜け出していた。夜中に抜け出しているのを知っているから、ベルムは遠回しに注意する。

「しばらくはゆっくり休め、と父上はおっしゃったぞ」

「それは、長旅の疲れを取るようにとのお言葉です。休んでいらっしゃるようには…」

「もう言うな。やるべきことはやっている。あとは好きにさせてくれ」

軽く手を振ってベルムを退けると、クロストムは再び自分の考えの中に沈んだ。

クロストムが夜中部屋を抜け出しては庭園に通っているのは、娘が来るかもしれないと思ったからだ。

そんな言い方はやめて！　と娘は怒り、王妃様の庭園なのに…、と悲しそうな顔をした。

交渉事は得意でも、クロストムは娘の頑《かたく》なな心を開くことはできなかった。

明るくにこやかなマテアムなら上手く立ち回って、違った出会いになっていたのではないか。

朽ち果てた庭園で、それも、理不尽な要求で初めて身を預けるのは、どんな気持ちだったのだろう。ぽろぽろと涙を零しても、負けん気の強い気性なのか、決して自分から嫌だとは言わなかった。

何かひとつ、娘のために残しておいてやりたくて、柔らかそうな唇を貪《むさぼ》ることだけはしなかったが、それは勝手な言い訳だ。

娘の濡れそぼった蜜壺に己の欲望を突き入れたい衝動は、今でもクロストムの身体の中に渦巻いている。代わりの女を抱いても、娘への衝動は消えなかった。

娘の身体に惑わされたか…。

そこまで自分が愚かだと思いたくはないが、美しい娘の身体に夢中になったのは事実だ。

クロストムは立てかけてあった刃引きの剣を手にして立ち上がった。身体を動かして、溜まった熱を消し去りたかった。

塩に塗れたウラドノールの大地で、娘はひとりで植物栽培に取り組んでいるのだろうか。それとも、誰かと一緒なのだろうか。

その誰かのために、娘は自分の身を差し出したのだろうか。

考えていると、なぜか苛立《いらだ》ちが募ってくる。

苛立ちの元を突き詰めようとしたけれど、考えても詮無《せんな》いことだ、とクロストムは溜息をついた。

背後に控えているベルムの気遣わしげな視線を感じる。

クロストムは気づかぬ振りをして剣の鞘《さや》を払い落とし、刃引きの剣を軽く一振りする。

いっそ、娘がどこに住んでいるのかこっそり調べてみるか。

紫色の瞳を持つものは、ウラドノールでは少ない。ロバを引いて歩いてくるくらいだから、王都に住んでいるのは間違いない。

父上なら、自ら捜しに行っているかもしれないな。

ここでも、国王である父と自分を比べてしまう。

悩むくらいなら捜しに行けばいい。会って、問いただせばいいのだ。

なのに、そこまでするのは…、と二の足を踏んでいる。

王子である自分が、市井の娘ひとりに振り回されているようで、釈然としないのだ。

『土が欲しければまた来るがいい。だが、次は覚悟して来い』

どうせ誰からも忘れられた庭園だ。土などいくらでも持って帰ればいいのに…。

別れ際に言ってしまったことを、クロストムは後悔していた。

あれから娘は現れない。

言わなければ、娘はまた来たのだろうか。

クロストムにはわかっていた。

麻袋ふたつ分の土で十分だったのだとしたら、もう二度と庭園に来ることはない、と。

それでも私は、今夜も庭園に行ってしまうのだろうな。

クロストムは大きく剣を振り下ろした。

荷運び人足の怒号や取り引きする商人たちの大声が、あちらこちらから聞こえてくる。

クロストムは問屋街の中心を走る広い街道の端を歩いていた。

たくさんの荷物が積まれた荷車やラクダが行き交い、シンガから生きたまま連れてこられた食用羊の群れが、鳴きながらクロストムの横をだらだらと連なって歩いていく。

羊は毛を刈り取られた後解体され、皮や肉だけでなく内臓や骨さえも、余すところなくすべて利用されるのだ。

揚げ菓子の甘い匂いや肉や魚の焼ける匂いが漂ってきた。もう少し行って右に曲がると、食べ物を商う屋台が並ぶ通りに出る。

豊かになった。

活気溢れる問屋街が、ウラドノールの現在を如実に表していた。

流行病が蔓延して数年は閑散としていたというが、今はそれ以前よりも賑《にぎ》わい、さらに多くの品々が取り引きされている。

これに新鮮な野菜や果物が扱えたなら…。

野菜も果物も、連日香からウラドノールへ運ばれてくるが、日持ちのするものや乾燥させたものがほとんどだ。

スゥエッテンからの帰り、クロストムは香でたくさんの野菜や果物を食した。青臭いような、それでいて甘みを含んだ生の青菜の旨さ、たっぷりと果汁の詰まった果実のみずみずしさを、ウラドノールのほとんどの国民は知らずに一生を終える。

問屋街でウラドノール産の野菜や果物を扱うためには…、と思案しながら歩いていると、綿布が山積みになった荷車が何台も並んでいる目的の店が見えてきた。

「あれか」

綿布を扱うゴミルの店。王都一の綿布問屋だ。

この店に紫色の瞳をした娘がよく来ると、問屋街を巡回する隊員に聞いた。

娘を捜すことをためらっていたクロストムだったが、落ち着かない日々にとうとう我慢できなくなったのだ。

捜し当てても、会いに行くつもりはないぞ。確認したいだけだ。

自分に言い訳しつつ、店の前で荷運び人足と立ち話をしている年配の男に声をかけた。

男は胡乱《うろん》な顔で振り返り、上から下までクロストムを眺めた。

一見すれば近衛兵だとわかる制服姿だが、制服の生地が上等だと気づき、貴族の子弟だと思ったのだろう。すぐさま表情を変え、いかにも商人らしい丁寧な物腰に変わった。

「いらっしゃいませ。品改め差配のバダンと申します。なんでございましょう」

「つかぬことを聞くが、この店に紫色の瞳をした娘が出入りしていると聞いたのだが」

「紫色の…。ああ、それは娘さんではなく、男の方ですよ」

「男？」

クロストムが怪訝な顔をすると、バダンは微笑んだ。

「ガイジュさんのことでしょう。外見はそんじょそこらの娘さんよりも色白で美しいのですが、間違いなく男です」

織った綿布を売りに来るのだという。

「男が綿布を織っているのか？」

ガイジュは身体があまり丈夫ではないらしく、家で織子の仕事をしているという。

「ガイジュさんの綿布はそりゃあいいできで、引く手数多《あまた》なのでございますが、王城からご注文をいただいておりますので、ほとんどそちらにお納めしております。国王様や王子様方の普段着などに使っていただいているのではないかと」

「ほう。それほどのものなのか」

確かに、最近身につけている下着や新しく仕立てた制服の肌触りが格段によくなったと感じていた。

「うちとしましても、もっと品物を納めてもらいたいのですが…」

身体が弱いのと、毛織物も作っているので、あまりたくさんできないようだ。綿布だけでなく、毛織物も見事な品を織るのだという。

ああそうでした、とバダンが手を叩いた。

「ガイジュさんには双子の姉がいました」

「双子？」

「ええ、紫色の瞳で顔は似てはいます。ですが、ちょっと変わった娘さんでして。男の形《なり》をして綿花や芋の栽培をしているのですよ」

あの娘だ！

紫色の瞳でガドラを纏った娘など、そう何人もいないはずだ。

「名前は、聞いたのですが…」

バダンは忘れてしまったようだ。

「その綿花が、また質のいい綿花でしてね。ガイジュさんが紡いで織るから、さらにいい綿布ができるのですなぁ」

間違いない、とクロストムは確信した。

「綿花の質の違いとは」

「他と比べて綿の繊維が長いのですよ。近年、あの村の綿花は高値で取引されています。たいてい自分のところだけってなりそうなものですがね」

村人に種を分け、村全体で質のよい綿花を生産しているらしい。

あの娘はそんなことをしているのか。

「上等な綿布が増えるのは、ありがたいことでございます」

綿花を育てるための土なのか。いやしかし、麻袋ふたつでは…。

「お捜しのガイジュさんですが、先ほど納品に来て帰ったところで、しばらくは顔を見せないでしょう。お会いになりたいのでしたら、追いかければすぐに追いつくと思いますよ」

「いや、男なら…」

そう呟くと、バダンは同情するような顔をした。

きっと、クロストムがどこかでガイジュを見染めて、調べに来たとでも思ったのだ。

そうではないと否定したかったが、言えば余計に同情を買いそうで、クロストムはガイジュの住まいを聞き、礼を言ってゴミルの店を離れた。

ガイジュの住んでいる村は王都の外れに近かった。馬で行けばそう時間はかからない。

行ってみるか。だが、行ってどうするのだ。

質のよい綿花は、ウラドノールにとっては宝石並みの価値があるし、未来を考えればそれ以上かもしれない。

王子として、畑を検分することも必要だ。

ひとり問答しながら、クロストムの足はまっすぐに王城の厩へと向かっていた。

葉の数や茎が伸びた長さを測って記録し、水をやる。

花の茎はしっかりと、葉の色も日々濃くなっていた。

ランシュは跪《ひざまず》き、ひとしきり花に向かって祈ると日除けの綿布を垂らした。

「さっ、カランの実を集めなきゃ」

鋭い棘の間をぬって実を収穫するのは大変だ。手が傷だらけになる。

ランシュは収穫用の綿布袋から、手袋を取り出した。羊毛と綿を何度も叩いて密にしたものと綿布を重ね、棘が刺さらないようにガイジュが工夫して作ってくれた手袋だ。

花壇から畑に向かって歩いていると、蹄《ひづめ》の音が聞こえた。近衛兵が長い髪をなびかせ、街道を馬で走ってくる。

「地方への伝令かしら」

馬の尻尾《しっぽ》と同じように兵士の髪とマントがたなびき、人馬一体となった騎乗は見事で、流れるよう美しい。

遠目に見える兵士が、庭園で会った男に重なった。

「もう、私ったらバカみたい。いくら髪が長いからって」

ランシュは手袋を握りしめ、馬で走る近衛兵を目で追った。

村を通り過ぎると思っていた兵士は急に手綱を引くと、街道から外れてランシュの村へと馬の歩みを変えた。

「どうしたのかしら」

街道から外れた兵士は少し走って馬から降り、轡《くつわ》を引いて足場の悪い砂地をこちらに向かってやってくる。

「そんなはずは」

似ていた。姿かたちがあの男にそっくりだ。

男の顔を思い浮かべてばかりいたから、白昼夢を見ているのではないかと思った。

近づいてくる兵士の顔が、次第にはっきりしてくる。

「あの人だわ」

見間違いでも夢でもない。庭園で会った近衛兵が近づいてくる。相変わらず無表情で、黒い瞳は何を考えているのかよくわからない。

「どうしてここが…。名前も、どこに住んでいるとも言わなかったのに」

日の光に照らされた男は、月明かりで見た時よりもさらに凛々しく、ランシュの目に眩《まぶ》しく映った。

胸が痛いほどドキドキする。全身がかあっと熱くなって、身体の奥がもぞもぞしてきた。

今すぐ背を向けてこの場から逃げ出してしまいたくなる。

なのに、ランシュは男から視線を外すことができなかった。

胸のドキドキは一層激しくなり、心臓が口から飛び出しそうだ。

私…。

ランシュは気づいた。

胸の奥でくすぶっていたもの。

それは、男にもう一度会いたかったのだということ。

会うことはないと思っていた男がやってくる。それが嬉しくてたまらなかった。

男は馬の手綱を近くの岩に絡め、ランシュに向き直った。

視線がぶつかった。

吸い寄せられるように、ランシュは男に近づいた。

ああ、どうしよう。何か言わなくちゃ。

「こんなところまで、何しに来たの？」

王城からこんな王都の外れまで、何か用事があって来られたのですか？　と言うつもりだったのに。男に聞きたいことはいろいろあって、感謝の言葉も告げたかったのに。

舞い上がってしまい、まるで喧嘩《けんか》をふっかけるようになってしまった。

「それが挨拶か」

怒っているのかそうでないのかわからない淡々とした口調だったが、男の眉間《みけん》には皺が刻まれていた。

ランシュは真っ赤になって俯《うつむ》き、言い直そうとしたが、言い訳がましくなりそうだ。

「あ…、いえ…う…」

口を開けたり閉じたりしているランシュに、男は呆れた顔をした。

ランシュは身の置きどころがなくて、手にした手袋をぎゅうぎゅうと両手で絞る。

「ごめんなさい。せっかく来てくださったのに…」

俯きがちに上目遣いで男の様子を窺い、ランシュは素直に謝った。

「じゃじゃ馬も、少しはしおらしくできるのだな」

「じゃじゃ馬？」

おとなしくないのは認める。男の形をして畑仕事をしているし、変わりものなのも、自分でそうだと思っている。だが、それとじゃじゃ馬は別だ。

「それ、私のこと？」

ランシュは顔を上げた。

「他に誰がいる」

聞き捨てならない。謝ったのに、と勝気な性格がむくむくと起き出す。

「どうして私がじゃじゃ馬なのっ！」

「土の詰まった麻袋を背負って塀を登ろうとする娘は、しとやかとは言わない」

男は相変わらず愛想のない顔ではあったが、右の口角がほんの少しだけ上がっているのにランシュは気づいた。

からかっているのね！

腹の中で笑うくらいなら、大声を上げて笑い飛ばしてくれるほうがましだ。男が笑顔を見せてくれないのも、面白くなかった。

「そういうの、やめてください」

「そういうのとはなんだ？」

「笑うのなら、こっちも上げたらどうですか？」

ランシュは腕を伸ばし、人差し指で男の左の口角をぐいっと押し上げた。

男は目を大きく見開いて唖然《あぜん》とした顔をしたが、すぐさま目を細めて、対抗するようにランシュの左頬を摘まんだ。

「いたっ」

「痛かろう。だったら手を離せ」

頬を指で押しただけなのに、摘まみ返されるとは思わなかった。

女の子にこんなことするなんて、と腹が立ってくる。

「嫌よ」

ランシュは手にしていた手袋を投げ捨て、負けじと男の右の頬を摘まんだ。すると、男も同じようにランシュの頬を摘まむ。

絶対、先に離すものですか！

爪先立ちになりランシュは指に力を入れた。けれど、男も遠慮なしに摘まむので、互いにぎゅうぎゅうと頬を摘まみ合うこととなった。

「いたーいっ！」

先に手を離したのはランシュだった。すぐに男も手を離した。

「酷いわ。近衛兵がこんなことするなんて！」

赤くなった頬を両手で押さえ、ランシュは涙目になりながら訴えた。

「私が悪いというのか。私に対してこんな暴挙に出る娘はお前くらいだ」

「指で押しただけなのに、抓《つね》るなんてあんまりよ！」

男も痛かったのだろう。むっつりした顔で両頬を押さえている。その姿がなんだかかわいらしくて、ランシュは噴き出した。

「なぜ笑う」

「だって、小さい子みたいにほっぺを…ふふっ、かわいい、くふふっ…」

笑い出すと止まらなくなってしまう。

「かわいいとは、私のことか」

「あなたしかいないでしょ」

ランシュが笑い続けているからか、男は諦めたように溜息をついた。

「自分から始めておいてその言い草は…」

「私をバカにするからじゃない！」

「お前は私を誰だと思っ……」

言いかけて男は口ごもった。

「何よ、言いたいことがあるならはっきり言いなさいよ！」

「バカになどしていない。少し、笑っただけだ」

男はぼそり、すまない、と謝った。

あれで笑っていたというのだろうか。あまりに表情が乏しい。

「私はこうなのだ」

ランシュの考えを読んだように、男は真面目《まじめ》な顔で言った。

「声を出して笑わないの？」

近衛隊のことはよくわからないが、笑ってはいけない規則でもあるのだろうか。そんなおかしな規則は聞いたことがない。ランシュは小首を傾《かし》げた。

「私だって笑うことはある。だが、いつも仏頂面だと弟によく言われる」

「弟さんがいらっしゃるの？」

「弟が明るい分、私は暗く見えるようだ。堅苦しいと周りに思われている」

「気にしているの？」

男は足元に視線を落とし、気にはしていないと呟くが、気にしているようにしか見えない。貴族のおうちにも、いろいろあるのかしら。

「別に、今のままでいいと思うけど。人はそれぞれ持ち味があるのだし、弟さんと比べなくても」

よく言えば、ペラペラしゃべる浮かれた男よりも落ち着きがあっていい。笑顔がないのは寂しいが、無理に笑う必要はないのだ。

だって、仏頂面でもやっぱり素敵なんだもの。

「…そうか」

「私にも弟がいるの。私は外で畑仕事をしているし、弟は私とは反対に家で織子をしているから、二人とも変わりものって言われるけど、気にしないわ」

ランシュはしゃがんで手袋を拾い上げ、ぽんぽんと砂を払った。

「それはなんだ。いい香りがする」

「カランを摘むのに使う手袋。弟が作ってくれたの。今は、出かけてるけど…」

「摘む？　あれは綿花のように摘み取ったりしないのではないか」

男が不思議がるのも無理はない。

「摘めばすぐに次の実ができるから、蔓を残しているの」

「カランを育てるために土が必要だったのか」

庭園の土がどう使われているのかに気になって、男はここまで来たのかもしれない。

男が見逃してくれたおかげで、花はすくすくと育っている。咲いたら男に見せたいと思っているけれど、蕾もついていない花は自慢げに披露できる段階ではない。咲かずに枯れてしまったら、と不安もあった。

「いいえ、この子たちは手をかけなくても育つので…」

ランシュは土の話題を避けた。

「この子たち？」

植物は我が子と同じだ、という祖父の口癖を聞いて育ってきたので、ランシュも自分の子供のように思ってきた。

「おかしいですか？」

「いいや」

男がうっすらと笑みを浮かべた。ランシュが怒ったからだろうか、少しだけ表情が柔らかくなったのだ。

ランシュは男の顔に一瞬見とれ、はっとして視線をカランに移した。

「カランは、ものすごくいい香りがする実ができるの」

「これはカランの香りか」

「ええ。香りの実がたくさんできれば、香油が作れます」

男はカランに目をやった。

「香りの実があるのは知っている。ほんの少ししか生らないのではないのか？」

香りの実を増やす実験の話をすると、ほう、と男は意表を突かれたような顔をした。

「では、ここの実はすべて香りの実なのか？」

「すべてが香るわけではないの。多分、どんなに繰り返しても、全部は香りの実にはならないみたい。でも九割近くになったら、もっとたくさん育てるわ」

「カランの香油か。それは……」

男が言いかけた時、突風が吹いた。

砂は生き物のように流れて舞い上がり、風に乗って勢いよくランシュたちにぶつかった。馬が嘶《いなな》き、男のマントが大きな音を立ててはためく。風がくるくると渦を巻き、舞い上がった砂で空が霞んでいた。

「その袋を貸せ」

男は綿布袋を奪うと、馬に何か囁《ささや》いて首筋を叩くと頭に被せ、いきなりランシュを抱き寄せた。

「きゃっ」

そのまま、ランシュの身体を馬の横腹に押し当てて、頭からすっぽり自分とランシュをマントで覆った。突風から守るつもりなのだ。

農作業をしていれば、突風は日常茶飯事だ。しばらくすれば風はやむので、目を瞑り、鼻と口をカチーフで覆ってしゃがみ込み、風が治まるのをやり過ごせばいい。

だから、まるで大切なもののように腕の中に庇《かば》われたことが、妙に恥ずかしかった。

村の男は誰もランシュを女の子扱いしてくれないし、ガイジュはランシュにとって守るべき存在だったから、逆にガイジュを庇ってやることが多く、こんなふうにされるのは、祖父が亡くなってから久しくなかったのだ。

「私は平気よ」

「じっとしていろ」

抗《あらが》うと、男は馬に押しつけるようにしてランシュをきつく抱きしめた。

広い胸に頬を寄せると男の匂いがした。あの夜を思い出して、身体の奥がじくじくしてくる。胸が高鳴り、自分の変化を気づかれるのではないかとランシュは気が気ではなかった。

ぴゅーぴゅーと岩の隙間をすり抜けていく風の音が響く。マントに覆われていない足元は痛いほどに激しく砂がぶつかっているというのに、男は微動だにしない。

腕の力が少し緩んだので、チラリと男の様子を窺う。

悔しいけど、仏頂面でもやっぱりかっこいいのよね。

そう思っていると、男が口を引き結んだ顔でランシュを見つめる。

ランシュが慌てて視線を外すと、男の吐息が額にかかり、唇が触れた。

ぞくりと首筋が泡立つ。

ランシュは驚いて男から離れようとしたが、マントの外は砂嵐だ。背後には馬がいるので逃げられない。

不意に顎を摑まれた。男の唇がランシュの唇に触れたと思ったら、すぐに強く唇を吸われる。

「…んっ…っ」

角度を変えて何度も唇が重なり、唇の間に舌が差し込まれた。歯の上を舌先がゆっくりとなぞっていく。くすぐったくて首筋が粟立《あわだ》ち、身体が震えた。

頰を指で押され、否応なしに口を開けると、口腔《こうこう》内に舌が入り込んできた。

「…ぅ…ん…」

上顎や頰の裏を撫でたり、ランシュの舌に絡みついてきたりする。

ルインが言ってたのと、違う！

『そっと唇が触れてね、それから、何度も何度も優しく啄むように口づけくれたの』

そう話してくれたのは、嘘だったのだろうか。

馬が小さく嘶いた。

唇や舌を甘く嚙まれ、唾液を吸り上げられる。

初めての口づけは荒々しく、唸《うな》る風に舞う砂のように、ランシュは翻弄《ほんろう》された。男に口づけられている、求められているのだ、ということは理解できたものの、何がなんだかわからなくなっていた。

柔らかな口腔内を撫でられると、身体が熱を持ち始め、腹の奥が疼いてくる。呼吸すらままならず、身体に力が入らなくなって座り込みそうになるけれど、がっしりとした腕がランシュの身体を支えていた。

風の音も、打ちつける砂の音も、ランシュには聞こえなくなっていた。

ただ、舌が絡み合う音と互いの息遣いだけが耳に大きく響いている。

男に縋りついているのが精いっぱいで、ランシュはされるがままに唇を与え続けた。

頭の中に霞がかかったようになっていると、辺りが明るくなっているのに気づいた。

ランシュは目を開けた。

風はやんでいた。

いつの間にかマントは取り払われていて、それにも気づかず、ランシュは目を瞑ったまま男にしがみついていたのだ。

「もっと抱いていてほしかったのか？」

「違います！」

慌てて男を突き放して距離を取ると、濡れた口元を袖口で拭った。

「本当に？」

ランシュの顔は真っ赤になった。

「もうっ、どうしてそんなに意地悪なの！」

ランシュが怒ると、表情は乏しいが、男はどことなく楽しそうだった。

「意地悪とは、初めて言われたな」

「いきなりこんなことするなんて！」

「さほど嫌そうでもなかったが」

「なっ！」

男が頭を振って髪に残っていた砂を落とすと、高みから落ちる砂が見上げていたランシュの目に飛び込んだ。

「いっ…」

ランシュは顔をしかめた。

「目に入ったのか。どっちだ」

胸のドキドキが治まっていないので、あまり傍に寄ってほしくない。

「右のほう。でも平気」

痛くて開けていられないが、涙と一緒に出てくるはずだ。

「見せてみろ」

男はランシュの顎を摑んで強引に顔を上向かせ、目の下を軽く押さえた。アッカンベーしているようになると、男の口元がひくひくと動いた。

「笑いたかったら笑えばいいでしょ！」

睨《にら》みつけようと目を細めると、目の中の砂がごろりと動いた。

「いたっ！」

「動くな」

男の吐息が顔にかかり、柔らかなものが目頭から目尻に沿って流れていく。舌先で砂を取り除こうとしているのだ。

首の産毛が総毛立ち、鼓動がより速くなった。

「動くなと言っているだろう」

そんなこと言ったって！

唇を奪われたばかりだというのに、その上こんなことをされると、心臓が壊れてしまうかもしれない。

舌が動くたび、ランシュは身体が震えないよう全身に力を入れた。

「取れたか？」

瞬きしても痛みはない。頷くと、男はほっとしたような顔をした。

「悪かった」

男が心からすまなさそうな顔をする。

何か言わなければ、と視線を彷徨《さまよ》わせていると、街道をやってくるガイジュの姿が目に入った。遠目だが、ロバに乗っているから間違いない。

「ガイジュ！　あ、私の弟が…」

「ロバに跨《また》がって被り布を被っているのが、弟か？」

男性が日除けの被り布を使うことはほとんどない。

「日差しに弱いので」

向こうからも、こちらが見えているはずだ。

この人が誰かとガイジュに聞かれたら、どう答えればいいの…。

ランシュの杞憂《きゆう》を汲み取ったのか、男は馬に被せてあった袋を外し、助かったとランシュへ渡すと、そのまま馬の轡を取ってさっさと歩いていく。

「あ、あのっ…」

「井戸の場所を聞かれたとでも言っておくがいい」

馬を引いて足場の悪いところを大股《おおまた》で歩いて抜けると、男はひらりと馬に跨ってあっという間に走り去っていった。一度もランシュを振り返らずに。

髪をなびかせて走り去っていく男の姿を、一心に追っていたランシュだったが、無理やり視線を外した。

いろいろと言いたいことがあったはずなのに、言葉が出てこなかった。

右の瞼を指先でそっとなぞる。荒れた指先は、男の柔らかな舌とはまったく違った感触だった。

激しい口づけが蘇《よみがえ》り、砂に足を取られたランシュはよろめいた。

強く吸われた唇は腫《は》れぼったくなっている。

「別れの挨拶もできなかった。名前も…」

聞き忘れてしまった。

男が聞いてこないのは、自分に興味がないからだろうか。

そう考えるとランシュは悲しくなり、ぼんやりとその場に立っていた。

「ただいまー。すごい嵐だったね」

ほどなくして、ガイジュが帰ってきた。

「ガイジュ、大丈夫だった？」

「飛ばされないよう、ポルウにしがみついてた。ねぇ、近衛隊の人がいたけど、知り合い？」

ランシュは、いいえ、と答えた。男の姿はとうに見えなくなっている。

「何か話してたよね？」

もう、目ざといんだから。

「…村の、井戸の場所を聞きに来て、教えてあげたら帰りがけにお礼を言いに来たのよ」

井戸はたいてい街道沿いの見えるところにあるのが通常だが、ランシュの村の井戸は奥まったところにあった。

「わかりづらいもんね。ランシュ、唇が赤くなってるけど」

「えっ、そう？　日差しの加減じゃないの？」

「顔もなんだか赤いけど」

「忙《せわ》しなくしていたからよ。今日はいつもより帰ってくるのが遅かったわね」

これ以上聞かれないよう、ランシュは話題を変える。

「え？　うん、ちょっと」

「なぁに、また途中で辛くなったの？」

「違うよ！」

市場の店を見て回っていたのだと言う。

「ひとりで？」

「きっ、決まってるじゃない。ひとりだよ」

ガイジュは急に慌てて、お土産《みやげ》、と包みを差し出す。甘い匂いがした。

「揚げ菓子？」

蒸して潰《つぶ》した芋に乾かした果実や木の実を入れ油で揚げ、蜜《みつ》を絡めた菓子だ。

「ランシュ、好きでしょ」

「ありがと。でもこんなにたくさん。セドンおじさんのところに少し持っていってもいい？」

「ポルウを返しに行くから、僕が持ってくよ」

揚げ菓子を綺麗な綿布に包むと、ガイジュはポルウを引いてセドンの家へ向かった。

「ひとり、って言った時、なんだか慌ててたわ」

ガイジュは隠し事があるのかもしれない。

ランシュにも話せないことがある。互いのことは誰よりもわかっていたはずなのに、少しずつ知らないことが増えていくのだろうか。

大人になればそれが当り前なのかもしれないが、ランシュは寂しさを感じた。


「カランか。身近にあるのが当たり前で、香油など考えもしなかった」

どこにでも生えているカランは岩や砂と同じ扱いだ。カランの油も当たり前のようにあるものだったから、目からうろことはこのことだ。

ないものを必死に求めるより、まずは身近にあるものを見直していくことが、大切なのかもしれない。

厩番に馬を預けたクロストムは、カランがどこに多く自生しているのか、一度調べてみようと考えた。

あの娘と話をすれば、もっと新たな方向性が見つかりそうだ。

「不思議な娘だ…」

口づけするつもりなんて、毛頭なかった。突風から庇ってやりたかっただけなのに、どうしても欲しくなってしまったのだ。ぎこちない返し方は、初めてだったのではないか。

「もっと、優しくしてやればよかった」

柔らかな唇は甘く、執拗に貪ってしまった。からかってしまったことも反省する。真っ赤な顔で怒るのがかわいくて、つい、言ってしまったのだ。

「名前を聞き忘れてしまった…」

貪った唇は、香皇国の花紅を引いたように赤くなり、尖らせた唇は、まるで小さな蕾が膨らんでいるようだった。

「兄上、父上がお呼びですよ」

不意に呼び止められ、クロストムは足を止めた。軽い足取りで、マテアムが反対側の回廊を渡ってくる。

「そうか。ちょうどよかった。私も話したいことがあるのだ」

カランの香油の生産を、国王に相談してみようと思った。

「父上と言うよりも、ユラムが、と言ったほうが正しいかな」

「宰相が？　用件はなんだ」

「一応、僕の婿入りの話みたい」

思わせぶりな言い方に、クロストムは眉間に皺を寄せた。

「はっきり言え」

「あれ？　ここ最近機嫌がよかったはずじゃ」

「別によくも悪くもないが」

おかしいな、とマテアムは首を傾げた。

「今だって笑っていたでしょ？」

「笑っていた？」

「微笑んでいたっていうか、楽しそうな顔していましたよ」

マテアムはクロストムを立ててくれるできた弟だ。

温和な雰囲気でいつも微笑みを浮かべ、貴族の姫から城の下働きの娘にまで人気がある。

だが、見た目とは裏腹に、これでなかなか侮れない。柔らかな口調で、クロストムよりも非情な決断をあっさり口にするし、妙に細かなところまで注意深く見ているのだ。

「夜な夜な出歩いているっていう噂を聞きましたよ。気に入った相手でもできたんじゃないかって、ち……」

いきなり口を噤む。

「ち、なんだ」

「あー、えーっと」

「父上とくだらん話をしているのだろう」

くだらなくはありませんよ、とマテアムは肩を竦《すく》めて反論する。

「兄上は愛妾もいないし」

「持てばいいというものではない。お前だって持っていないじゃないか」

「僕はそれなりに、です。ま、僕のことは置いといて、兄上はいつも公務か近衛隊の訓練ばかりで、少しは息抜きも必要じゃないかと…」

「それが王子としての責務だ、当然だろう。私のことはどうでもいい、お前はどうなんだ。二年先と言っても、あっという間だぞ」

考えてますよ、とマテアムは真面目な顔で言った。

「大変なのはわかっています。でも、ウラドノールにいて悩んでたってどうしようもないでしょう。皇帝はお年を召していらっしゃるけれどまだまだお元気だし、それに、僕はあくまで次の次の皇帝の予定ですからね」

結婚相手は香皇帝の妹の孫娘だ。

現皇帝の息子であり、クロストムたちの母リンミンの兄で伯父《おじ》に当たる皇太子がいるものの、妃《きさき》には子ができなかった。何人もの愛妾を持ったが、未だ子には恵まれていないので、どうも子種がないようだ。

リンミンの上には二人の皇女がいたが、第一皇女はすでに他界し、第二皇女は貴族に降嫁していた。第二皇女には息子がいるものの、国内の貴族間の軋轢《あつれき》を考え、誕生と同時に皇位継承から外されている。

これでは血筋が絶えてしまうと危惧した皇帝は、他国に嫁いだ娘リンミンの息子であるマテアムに、白羽の矢を立てたのだ。

だが、もしも皇太子に子ができたら……。

婿入りしたマテアムは微妙な立場に立つことになる。また、現皇帝は息子の皇太子よりもマテアムを気に入っているので、マテアムを次の皇帝に、と言い出すかもしれなかった。

「兄上は心配性ですね。皇帝にはなりませんって一筆書いて皆の前で宣誓して、生まれた皇子の補佐役になればいいんですから。僕のことは心配しないで」

「お前は誰にでも好かれるし、どんな立場になっても上手くやれるだろう。その点で心配はしていない」

マテアムはにっこり笑った。

「それで兄上、いい人ができたんでしょ？　父上には内緒にしますから、僕にだけこっそり教えてください」

「なにバカなことを言ってるんだ」

「えー、どうして内緒にするかなぁ。ちょっとだけ、ちょっとだけ教えてください」

マテアムに絡まれながら国王の私室に着き、取り次ぎを頼むとすぐに扉が開けられた。入っていくとマテアムが言ったとおり、ユラムの姿があった。

「来たか、クロストム。実は、マテアムの婚礼の件だが、そろそろ公に発表しようと思う。そこで、だ……」

クロストムは次の言葉を待ったが、国王は腕組みしたまま難しい顔をしている。すると、私から、とユラムが一歩進み出た。

「クロストム様。マテアム様の婚礼発表と時期を同じくして、クロストム様の婚約発表も行いたいと思っております」

突然のことで、クロストムは驚いた。

「私の婚約？　相手も決まっておらぬのに」

「以前からお話し申し上げておりましたが」

「…シンガの王女か」

ユラムは頷いた。

「二の姫です」

シンガには何度か訪れているので会ってはいるはずだが、王女は七人もいる。顔も覚えていなかった。

「クロストム、向こうの国王がかなり乗り気のようでな」

シンガとの結びつきが強まることは、ウラドノールにとって悪いことではない。国内の貴族の姫でも、他国の王女でも、結婚相手は誰でもいいと思っていたし、王子としてはそれが当たり前のことで、国にとって都合のいい相手と結婚するものだとこれまで考えていた。

あれは嫌だ、これは嫌だなどと言える立場でないこともわかっている。けれど…。

頷けない自分がいた。

「進めてもよろしいですな」

クロストムが答えないので、ユラムが念を押した。

「いや、それは。少し、考えたい…」

言葉を濁したクロストムに、ユラムは驚いた顔をした。

常に国のことを第一に考えてきたクロストムだ。当然、是、の答えが返ってくるとユラムは思っていたようだ。

「考えるとは、断ることもあるということでしょうか?」

「……」

眉間に皺を寄せ、黙してしまったクロストムを、マテアムが気遣わしげに見つめている。

「クロストム、もし他に目当ての姫がいるのなら…」

国王に言われて浮かんだのは、あの娘の顔だった。自分でも驚いた。

なぜ、あの娘が…。

「そのような方が、クロストム様にいらっしゃったのですか？」

貴族の姫との浮名すらなかったから、ユラムには相手が思いつかないのだろう。

「いや、そういう相手がいるというわけでは…」

クロストムもどう答えていいのかわからない。

重苦しい空気を払拭《ふっしょく》したのは、マテアムだった。

「父上、無理に同時発表しなくてもいいのではないですか？　だって、兄上の婚約発表に国民の注目が集まってしまったら、僕の結婚が忘れられてしまいます」

不満そうにマテアムが言うと、確かにな、と国王は笑った。

「この件はしばらく保留にしよう。シンガ王にはマテアムの婚礼が決まったので、それが落ち着くまでは、と説明すればいいだろう」

「しかし陛下、せっかくのお話が」

ユラムは難色を示した。

「国のために労を惜しまず働くクロストムが、こんな我儘を今まで言ったことがあったか？　俺が記憶する限りなかったと思うが、どうだ」

「…はい」

「木材の輸入量が増えることで、宰相も、商家からの突き上げがなくなって安堵していたではないか」

「おっしゃるとおりです」

「その功労者のクロストムが、自分の伴侶《はんりよ》を選ぶのに少しばかり考える時間が欲しいと言っているのだ。シンガには宰相の手腕を見せてくれ。それに、シンガの王女に決めなかったとしても、我が国が困ることはない」

最後はクロストムを見て国王は言った。

自分の思うとおりにすればいい、そう言ってくれているのだ。

国王に信頼されていることが、クロストムは誇らしかった。

「父上、兄上だけですか？　僕も結構、頑張っているのですよ」

拗《す》ねたマテアムに、国王は大笑いした。

「僻《ひが》むな、マテアム。二人ともだ。二人とも自慢の息子だ。だから、早く俺を楽隠居させてくれ」

「あー、またお忍びで遊びに行くつもりですね」

マテアムの言葉に、宰相ユラムは慌てふためいた。

カランの実を眺めながらぼんやりしていたランシュは、砂を踏む音が後ろから近づいてくるのに気づき、あの男が来てくれたのではないかと目を輝かせた。

しかし、踏みしめる音を聞いてランシュはがっかりすると同時に、綺麗な弓なりの眉をきつく寄せた。

また来たわね、太っちょ。

しゃがんでいるランシュを、太陽の光からすっぽりと覆い隠すほどの大きな影。横幅の広い影で、誰が後ろに立っているのか振り返らなくてもわかった。

ラクダ屋のトロイだ。

「そろそろ俺のものになる気になったか、ランシュ」

喉が潰れたようなしゃがれ声で、トロイは話しかけてきた。

胸を摑まれたことだけは後悔している。ランシュの胸を触ってから、トロイは頻繁に来るようになり、舐《な》めるような気持ちの悪い視線でランシュを見るのだ。

内緒にしていた借金のことをガイジュにしゃべってしまったのも、トロイだ。

「そんな気はさらさらないって言ってるでしょ」

「女のくせにいつも男の形をして、十八になっても誰も結婚の申し込みに来ないお前を買ってやるって言ってるんだ。お前みたいな女でもいいって言う奇特な男は、俺くらいだぞ」

「結構よ！　それに、期限までにはまだあるわ」

身体に触れようと手を伸ばすトロイを避けてランシュは立ち上がり、トロイに向かってこれ見よがしにパタパタと砂を払った。

「まだ？　もう二月《ふたつき》ほどだってわかってるよな」

しまりのない顔で、ひらひらと借用証文をちらつかせる。

憎たらしいったらっ！

汗っかきで、懐から取り出して見せる証文はいつもしっとりしている。

私の署名が汗で滲《にじ》んで見えなくなればいいのに。ラクダさんも大変よね。こんなに重い荷物を運ばされるなんて。

いっそ転がってきたほうが早いのではないか、と思う。

「ええ、そうね。じゃあ、二ヵ月後に。さようなら」

言い捨てて、ランシュは綿花畑へと向かった。

早朝から働いていたが、予定の半分も収穫できていない。花の育ち具合が気になるのと、あの男を思い出して仕事の手が止まってしまうからだ。

広い綿花畑をひとりで管理するため収穫時期をずらして栽培しているので、のんびりしていると次の収穫がやってきてしまう。

「返す当てもないくせに、そんな強気でいいのか？　俺の機嫌を取っておいたほうが、後々のためだぞ」

トロイは後をついてくるが、綿花畑の中までは入らない。身体が太くて枝に引っかかるからだ。

ランシュは収穫用の綿布袋を肩から斜めがけにすると、畑の奥へ分け入った。

「大きなお世話よ。あんたのものにならなくたって、お金を返す方法はあるんだから」

街の娼館に身売りしたほうが、よっぽどマシだ。

「お前が嫌だって言うなら、弟でもいいんだぞ」

「なっ！」

「あれが作る毛織物は高値で売れるそうじゃないか。それに、お前と違って色白で綺麗だからな。あれは本当に白くて美しい。俺は男でもかまわないし」

トロイはニヤニヤ笑っている。

「ガイジュに手を出したら、殺してやるっ！」

ランシュはトロイを睨みつけた。

「殺すって？　できるものならやってみろよ。まぁ、闇でなら今すぐにで…っ、お、おい」

ランシュは綿花の入った袋を投げ捨てると、すぐさま腰に差してあった短剣を抜いた。

ニヤついていたトロイの顔が引きつり、冗談だ、と後退《あとずさ》りする。短剣を振りかざして迫るとトロイは悲鳴を上げ、転びそうになりながら逃げ出した。

金鎖や宝石がいくつもついた剣を腰に携えていても、それで対峙《たいじ》しようとはしないのだ。いっそあれを落としていってくれないかしら。

剣自体はなまくらでも、あれだけ飾りがついていたら高く売れる。

ランシュは短剣を振り回して追いかけた。

トロイは砂に足を取られながら死に物狂いで走ると、のんびり座り込んでいたラクダに飛びつき、早く立て！　と急かしてほうほうの体で逃げ出した。

「二度と来るなーっ！」

ラクダで走り去っていく丸い背中に向かって、ランシュは叫んだ。

「大声出してどうしたの？」

驚いたように、家の中からガイジュが出てきた。

ラクダから落ちて死んでしまえ！　とか、腹の肉をそぎ落として細くしてあげるわ！　などという罵詈《ばり》を、大声で吐き続けていたからだ。

「ああ、トロイさんが来てたのか」

後ろ姿は遠くなっても、太っているのでトロイだとわかったのだろう。

「ガイジュ、あんな男にさんづけしなくてもいいの！」

ふくれっ面の姉を見て、ガイジュは笑みを浮かべた。

「下品なことでも言われたの？」

来るたびに卑猥な話を垂れ流していくのだから、もう慣れっこになっている。胸を触られたのはガイジュに内緒だけれど。

「ちょっと脅かしただけ」

鈍く光る短剣を見せ、鞘《さや》に収める。

「短剣抜いたの？　危ないじゃないか。トロイさんは長剣を持ってるんだよ」

「平気よ。今だって抜かずに逃げ出したもの」

「まさか、何かされたんじゃないよね。最近トロイさんやたらと来るし、ランシュは時々ぼーっとしてるから」

「気のせいよ」

ぼーっとしているのは、あの男を思い出しているからだ。

ガイジュったら、結構細かいところ見てるのね。気をつけなくちゃ…。

「そうかなぁ。ぼーっとしながら顔赤くして、ひとりで恥ずかしそうにしていたりするよ。もしかして、好きな人でもできたの？」

「いないわ、そんな人」

否定したけれど、どうしてもあの男の顔が浮かんでくる。

「ほら、顔が赤くなった。いい人ができてお嫁に行きたいんなら、僕のことは気にせず行っていいんだよ」

「なに言ってるの。私のことより、ガイジュはどうなの。好きな人いないの？　この頃街に行くと、ずいぶんゆっくりしてくるじゃない」

「え？　僕は…」

ぽぽっとガイジュが頬を赤らめる。

そこいら辺りの娘よりも初々しい姿に、ランシュのほうが恥ずかしくなった。

「いるの？　好きな人」

先日もひとりで市場を回ってきたと言っていたが、ひとりではなかったのではないか。

「い、いないよ。外出るのも少ないし、街に出るのは用事があるからだし…」

慌てるガイジュは、やはり何か隠しているようだ。

本当に？　としつこく顔を覗き込むと、ランシュはトロイさんが好きなんじゃないよね、

とんでもない反撃をしてきた。

「いやーっ、やめて！　冗談でもそんなこと言わないで」

ランシュは目を大きく見開いて、ぶんぶんと頭を振った。

ランシュの拒否反応に、だよね、とガイジュは呟く。

「ガイジュあなたまさか…、太っちょが好きなんてことはないわよね！」

「どうしてそんな話になるのさ。僕は、どちらかといえば苦手なんだけど」

「そうよね。あんな太っちょなんて誰だって嫌よね。大丈夫よ。散々脅かしたから、しばらくは来ないはず」

喜ばせるだけだから、トロイの下卑た煽《あお》りにいちいち反応したりしない。胸を触られた時も突き飛ばして逃げただけで、平手打ちすら我慢したのだ。

なにしろ借金をしている立場だ。気が強いランシュもそこのところはわかっているし、自分が我慢して収まることなら、どんなことでも我慢するつもりだ。

しかし、ガイジュのことは別だ。

ガイジュになんかしたら、短剣でお腹の空気を抜いてやるわ！

「さっ、仕事に戻らなきゃ」

仕事は山ほどある。綿花を摘み終えたら、芋畑の手伝いにも行かなければならない。

「収穫手伝えなくてごめん」

「なに言うの。あなたの織る綿布や毛織物のおかげで美味《おい》しいものが食べられるんだから」

「僕が女の子みたいに織物作っているのは、採掘工や荷運び人になれないからだよ。あれならもっとお金が稼げたのに」

「採掘工も荷運び人も、家にいないじゃない。嫌よ、私ひとりを置き去りにしたら」

ランシュはガイジュの頬に手をやった。

「だけど、ランシュは思う存分研究できるんだよ。借金だってすぐに返せて、トロイさんの嫌みも聞かなくて済むし」

「太っちょは無視すればいいし、借金のことは気にしなくていいの」

あなたには関係ないことだから、と言っても、ガイジュは釈然としない顔だ。

「僕が頼りにならないから、だから、お金のことも話してくれなかったし、王城にもひとりで行ったんだよね」

ガイジュは寂しそうに言った。

「違うわ、違うの。ごめんね、内緒にしていて。心配かけたくなかったのよ」

自分の我儘で、ガイジュに迷惑はかけたくない。

「王妃様の庭園の土があるから、今度は絶対に花が咲くわ」

ランシュは断言した。

「花壇の花、茎も太くてしっかりしていて、毎日伸びてるもんね。前より緑色が濃い気がするし、土のおかげなの？」

「きっと」

「種蒔いてから嵐も来ないし、上手く育つといいね」

「うん。観察日記をきちんとつけられるはずよ」

これまでの観察日記は途中で終わってしまったけれど、今度こそ、最後まで記録できると期待している。

「ランシュって、こと植物に関してだけはマメだよねぇ。そのマメさを髪とか顔の手入れに分ければいいのに」

「いいの、やったって無駄なんだから」

あっけらかんと言うランシュに、ガイジュは溜息をつくと残念そうな顔になった。


「風が出てきたな」

クロストムは、空を見上げた。

星が消えたり現れたりしている。雲がものすごい勢いで風に流されているのだ。砂が飛ばされ、岩に当たっている音も聞こえてきた。

「嵐が来るか」

娘が来るのではないかと庭園で待っていたが、今日は来ないだろう。

「いや、今日も、か…」

土を何に使っているのかは話さなかった。秘密にしておきたいのか、それとも…。

「私だから話す気にはなれないのか」

近衛兵だと思っているようなので、話しても意味がないと思っているのかもしれない。

クロストムは娘と出会った日から、毎夜庭園に来ていた。最近は、庭園の土の上で眠っているようなものだった。寝不足気味で身体が重く、公務はこなしているが、近衛隊の訓練中に居眠りしてしまうような体たらくだ。

クロストムは折り畳み式の簡易寝台から起き上がった。

簡易寝台はクロストムの身体を心配したベルムが、これをお使いください、と夜中にえっちらおっちらと運んできたものだった。

「どこから持ってきたのか」

簡易とはいえ、木製の太い枠に毛織物を張ったしっかりとした造りで、重量もある。大柄なクロストムが寝転がっても、軋《きし》みもしない。

「なまくらな身体だ。戦にでもなれば、こんなことは日常茶飯事になるというのに」

男爵立てこもり事件の時は、地方までの遠征を含め、約一ヵ月半の間、天幕を張って砂の上で眠ったが、こうして庭園に来るようになってもう何日目だろうか。

娘が来ないのならこちらから村まで行けばいいのだが、体のいい理由が見つからず、二の足を踏んでいた。

庭園は夜警の見回り区域には入っていない。あの時クロストムが庭園に来たのは偶然で、娘が来ても見つかることはないはずだ。

だが、もし、近衛隊の誰かが気を利かせてここまで足を延ばしてしまったら。

もし、その時にあの娘が来ていたら。

そう思うと、居ても立っても居られなくなってしまうのだ。

ベルムは諦めたのか小言を言わなくなり、日中休めるように公務を減らすよう取り計らってくれていた。気に病むことでもあるのか、と再三問いかけてくるけれど…。

「それほど顔に出ているのか」

掌で頬を撫でる。

「マテアムにまでからかわれたら、終《しま》いだな」

クロストムは自嘲した。自分でもバカなことをしているとわかっているのだ。

風が次第に強くなってきた。ごうごうと恐怖をかきたてるほどの唸りを上げ始め、飛ばされてきた砂がクロストムを打ちつける。クロストムは顔をしかめた。

「これは…」

今までにない、大きな嵐になる予感がする。

嵐の範囲がどのくらいかはわからないが、綿花や芋畑、民の家や街道に被害が出るのではないか。対策を練るため城に戻り、国王に取り次ぎを願わなければならない。

再び、バラバラと砂が降り注いできた。この勢いだと、大量の砂が庭園に入り込むだろう。

「これで雨でも降ったら、土が…」

クロストムは思い立ったように廃墟になった研究ハウスへと走った。

ウラドノールの王都を大嵐が襲った。

夜半過ぎから少し風が出てきたと思ったら、竜巻のような砂嵐が襲ってきて、ごうごうと唸りを上げて荒れ狂った。

耳に突き刺さるようなぴゅーっという音と、石灰岩の家を砂が激しく打ちつけるバラバラという音が鳴り続けた。

音で目を覚ましたランシュは慌てて飛び起きた。花を掘り起こして家の中に避難させようと、ガイジュが止めるのも聞かずカチーフを顔に巻いて、重い扉を開けて外に出た。

なんとか外に出たものの、そこから一歩も前に進めなかった。激しい風に煽られてよろめき、カチーフはあっという間に風に飛ばされてどこかへ行ってしまった。

前後左右だけでなく、上からも下からも砂を伴った強い風が顔や身体に打ちつけてきて目も開けられず、息もできず、ランシュはその場で頭を抱えて小さくなるしかなかった。

それでも鼻や口の中に砂が入り込んで咳《せ》き込み、咳き込むとまた砂が入り込むという悪循環で、ガイジュに家の中に引き戻されなかったら、そこで死んでいたかもしれない。

それからは、ガイジュと二人で家を守るのに精いっぱいだった。

家の中には、明かり取りの窓に埋め込んだ風除けの砂袋の隙間から、細かな砂が吹き込んできていた。製作途中の織物などが汚れないようにしたり、家財が砂まみれにならないように綿布で覆ったりして、二人で必死に砂袋を押さえて家を守った。

途中からは大粒の雨も降り出し、ランシュは泣きそうになりながら、嵐が過ぎるのをひたすら待った。

空が白み始めた頃、嵐はやっと去っていった。去ったというよりも、次第に弱くなり、消えてしまったようだった。

家の中は砂だらけで、すごい有様になっていた。

砂で埋もれた扉をなんとか押して外に出てみると、砂が堆積した小山が遠くにふたつほどできていて、家の周りの風景が少し変わっていた。畑の綿花は砂まみれで、ばらばらな方向へとなぎ倒され、カランだけは砂に埋もれながらも形を留めていた。

吹き溜まった砂に足を取られながら、ランシュは花壇へと走った。そこには…。

「そんな…」

花はなかった。

いや、多分あるのだろうが、大量の湿った砂に埋もれてしまっていたのだ。

必死になって掘り出してみたが、五本あったはずの花は三本しか見当たらず、強風に煽られ、砂の礫《つぶて》で打ちすえられ、茎も葉も傷んですべて根元から折れていた。添え木をしても無理だというのが見てとれる。

ランシュは力なく座り込んだ。ガイジュもその場に立ち尽くしていた。

二重に張った砂除けの綿布は、なんの役にも立たなかった。強い風に、綿布も、綿布を張って押さえるための釣り紐や重石《おもし》すら残っていなかったのだから。

雨が降って、花壇に使った庭園の土には塩が染み込んでしまっただろう。これではもう、植物を育てることはできない。

「こんなことなら、鉢で育てればよかった。変にこだわって、直植《じかう》えなんてしなければ…」

鉢ならば、なんとか家の中に避難させることもできたかもしれない。

「自分を責めないで。ランシュは花を助けようと精一杯のことをしたよ」

「だって、今は借金を返すことだけ考えなきゃいけなかったのよ！　なのに私ったら…」

ランシュは両手で砂を握りしめた。

「僕らが音で目が覚めた時にはもう激しくなっていたんだ。鉢植えにしてあったたって、鉢ごと飛ばされてしまっていたかもしれない。まさか、あんな嵐が来るなんて」

ランシュははっとして顔を上げた。

「そうよ、どうして！　この時期に嵐は来ないはずなのに」

ランシュは家の中へと戻ると、お天気日記を持って外に飛び出してきた。明かり取りの窓が砂除けで埋まっていて、家の中は暗いのだ。

「去年…ない。一昨年《おととし》も、ないわ。なかったはずなのよ」

ページを慌ただしくめくって、同じ時期の天気を確認する。

「何がないの？」

ランシュの行動の意味が、ガイジュにはわからないようだ。

「嵐がないの。この時期に、あんなに大きな嵐はないのよ！」

種を蒔く時は必ず日記を確認している。ぴったり同じではないにしろ、一年を通して嵐が頻繁に起こる時期と起こらない時期は、毎年重なっている。この時期には来ないという確信があったからこそ、直植えにしたのだ。

「おーい、酷い嵐だったなぁ」

遠くから、セドンが声をかけてきた。積もった砂に足を取られながら近づいてくる。

砂嵐で飛ばされた柵を拾い集めているようで、何本かの木切れを手にしていた。木材は貴重なので、辺り一帯歩き回って探しているのだろう。

「ランシュの家は大丈夫だったか？」

「ええ。砂がたくさん吹き込んだけど」

「うちも酷いもんだ」

おかみさんが掃除にてんてこ舞いしているという。

「バネルんとこの井戸、去年大金かけて掘ったのに埋まっちまったそうだ。あそこはランシュの家と同じで一軒だけ離れてるし、片側は砂地がずっと広がっているだけだからな」

村の大きな共同井戸があっても、水汲みは面倒な仕事で、家の横に小さな井戸を持つのは憧れだ。掘るために金を貯《た》めている家も多いが、井戸掘りには大金が必要だ。

「そう。バネルさん、困っているでしょうね」

「砂を掘り出すにも、また金がかかるな」

大金をかけて井戸を掘ったバネルのことを思うと、いつまでも落ち込んではいられない。

そうよ、私だって借金返さなきゃならないんだから。

「この時期に嵐なんてなかったのに。それも、こんなに大きいのなんて…」

「確かになぁ。…いんや、あったぞ。かなり前だが、大きな嵐があった。あちこちの綿花畑で被害が出たんだ。ランシュはまだ子供だったから覚えてないかもしれんが、ナーエ州の街道が砂で埋まってしまったんだ。確か、この時期じゃなかったか？」

セドンに言われて、ランシュもそんなことがあったと思い出した。

ナーエ州は王都に隣接する一番大きな細長い州で、香皇国へと繋がる街道が通っている。

十年前のランシュが八歳の頃だ。街道が埋まって荷馬車が通れないので、食料が足りなくなるのではと大人たちが不安がり、寄るとその話をしていた。

流行病の傷跡も薄くなり、国中がなんとか元の暮らしに戻ってすぐだった。

「そういえば、わしが子供の頃にもあったぞ。だが、あの時はこれほど凄《すさ》まじくはなかったような気もするが…。そうだ！」

「どうしたの、セドンおじさん」

「水が多かった。今年は井戸の水位が高いだろ、あの時も水が多かったんだ。水が多い年に来る嵐なのかなぁ。さてと、もう少し見回ったら、家に帰らんと」

掃除を手伝わないとうちのにこっぴどく怒られる、と言ってセドンは帰っていった。

「十年…。水の多い年…」

十年前にはお天気日記をつけていなかった。井戸の水位も気にかけたことはなかった。

ランシュは自分の甘さを知った。

「天気は大事だって、お祖父ちゃんが言ってたとおりだった」

土の質も大事だが、植物栽培と気候は切っても切り離せないものなのだ。

ウラドノールの地下水は、ダレン山脈に降り積もった雪や雨が下ってやってくる。

「ウラドノールの天気だけじゃダメなんだわ。シンガやスゥエッテンのことも調べないと。

それに、最低でも十年。少なくともそのくらいの資料がないと」

ウラドノールの大地で植物を育てることはできないのだ、とランシュは悟った。

だが、それは借金を返してからのことだ。

「挫けちゃダメ。考えるのよ」

まだ時間はある。祖父の種も残っている。問題は土だ。

ランシュは砂が吹き溜まった、花壇だったところを見下ろした。

もう一度、王妃様の庭園に行かなきゃ。でも…。

男は言ったのだ。

『次は覚悟して来い』と。

覚悟はあるの？

今度こそ、最後まで男に身を任せることになるだろう。

あるわ！　それに…。

ランシュは男に会いたかった。

土の対価に身体を差し出せと言い、つっけんどんでどこか怒っているような男に、強引に唇を奪うような男なのに、会いたかったのだ。

「ランシュ、心配しないで。借金が返せなかったら、僕がトロイさんのところへ行くよ」

ずっと無言だったガイジュが言った。

「何を言うの？」

ランシュは慌てた。

「ランシュは女の子だから、トロイさんのところへ行ったらどうなるか…。でも、僕は男だし、毛織物をたくさん織ればお金はいつか返せるよ」

「ダメよ！　絶対にダメ！」

ガイジュは色白で美しい顔をしている。身体つきもほっそりしていて、ガイジュより綺麗な女の子をランシュは見たことがない。

「どうして？」

だって、太っちょトロイは男でもいいなんて言ったんだもの。大切な弟が、あの下品で醜いトロイの慰みものにされるかもしれないなんて……。

とても口にできない。

そうならなかったとしても、毛織物をたくさん織るように言われて身体を酷使し、病気になってしまうかもしれないのだ。

「ダメなものはダメなの。ガイジュに私の我儘で迷惑かけたくないのよ」

「迷惑って何？　我儘って？　僕だって、香人のお祖父ちゃんや父さんの血を引いてるんだよ」

ガイジュの強い口調にランシュは驚いた。

少し、背が高くなったわ。

街までの納品も自分でするようになり、外へ出るようになったからだろうか。ガイジュは以前ほど弱々しい感じではなくなっていて、身長も伸びたようだ。

「僕だって『呪われた大地』を緑に変えたいって思ってる。お祖父ちゃんやランシュと一緒に砂を洗ったり、岩を運んだり、畑を耕して綿花や芋を育てたりしたかったんだよ。でも、僕にはそれをする体力がないから、なんの役にも立たなかったけど…」

最後は尻すぼみになる。

塩を含んだ砂では植物が育たないので、畑を増やす時は砂の塩分を取り除く作業をしたし、飛砂の害を極力少なくするために岩を運んで畑の周りを取り囲むなど、ランシュが祖父と一緒に重労働をしているのを、家の中から見ていたのだろう。

「ガイジュ、ごめんね。私…」

涙が零れた。

自分だけが植物を育てたいと考えているのだと、自分にしかできないのだと自惚《うぬぼ》れていたことに、ランシュは恥ずかしくなった。

泣き出したランシュに、ガイジュはおろおろした。ランシュの涙を見たのは祖父が亡くなった時以来で、いつも元気で前向きなランシュは、涙を見せたことがなかったのだ。

「ランシュ、泣かないで。不甲斐ない自分に腹立たしかっただけなんだ。大丈夫、大丈夫だよ。なんとかなるよ。今織っている壁掛けが仕上がれば、高く買ってもらえるはずだから。それで少しはお金が返せるから」

昼に急ぐ必要もない毛織物を織り、夜になって、税として納めなければならない綿布を織っていたのは、自分のためだったのだとランシュは知った。

私は、昼に綿布を織りなさいとか、早く寝なさいなんて偉そうに言うばっかりで…。

弟を守っているつもりになっていたけれど、守られていたのは自分のほうだったのだ。

「ありがとう。私、王妃様の庭園に、もう一度行ってくる」

「それこそダメだよ！　絶対にダメ！」

必死に頼むガイジュに、ランシュは小さく首を振った。

「正直に言うわ。期限までに花を咲かせられるか、お金が返せるか、もう自信がない。ごめんね。でも、諦められないの。やれるところまでやってみたいの。だから、行かせて。いい土があれば花は咲くの。お願い！」

「セドンおじさんや村の人たちに頼めば、必要な額が集まるかもしれないよ」

「そうね、嵐がなかったら…。だけど、綿花や芋にも被害が出ているし、今はどこもそんな余裕はないわ」

ガイジュは仕方がないな、というような顔で、今度は僕も行くからね、と言った。

「それはダメよ」

「どうして。手助けしたいんだ」

「だって…」

ランシュは言いよどんだ。

男に身を任せるとは、口が裂けても言えない。

「こっそりと忍び込まなければならないし、塀も登らないといけないのよ」

塀を登る自信がないのか、ガイジュは押し黙った。

「二人でうろうろしていたら、目立って見つかってしまうわ。それに…」

ガイジュは色白で綺麗だ。ガイジュが女の子だったら嫁に欲しい、と冗談を言うものもいるくらいに。

ガイジュを見たら、あの人は私ではなく、ガイジュが欲しいと言うかもしれない。そうなったら…。

一瞬そんなことを考えて、ランシュは自分が恐ろしくなった。

私ったら、なんてことを。

ガイジュを心配してではなく、ガイジュに嫉妬《しっと》し、男を取られてしまうかもしれないと思ったのだ。

「それに？」

黙り込んでしまったランシュに、ガイジュは問うた。

「それに、私が帰れなかったら、お祖父ちゃんの種を育ててほしいの」

「帰れないなんて言わないで」

肩を摑んで揺さぶられる。

「帰ってくるわ。絶対に帰ってくるつもりよ。でも、もし見つかって帰れなかったら…。いつの日か、お祖父ちゃんの花をウラドノールで咲かせてほしい」

「僕が？」

「ガイジュならできる。お祖父ちゃんがしてきたことを、私がしてきたことを、あなたはずっと聞いて、見ていたんだから」

ランシュが微笑むと、ガイジュは、わかった、と力強く頷いた。

「僕はもう何も言わない。でも約束して。隠し事しないって。無事に帰ってくるって」

「うん」

素直に頷いてみせたランシュだったが、心の中で、ごめんね、と何度も謝っていた。


砂嵐の被害調査だろう。ラクダや馬に乗った役人や兵士が、夜も街道を走り抜けていく日が何日も続き、ランシュは焦りでイライラしていた。

すぐにでも種を蒔かなければ、返済期限に間に合わないというのに、調査が一段落して街道が静かになるまで、庭園には行けないからだ。

街道の様子を窺って悶々としていたが、街道がいつもの落ち着きを取り戻したので、ランシュはポルウを連れ、ガイジュに見送られて夜中に王城へと向かった。

ランシュは以前に来た時よりも、もっと手前で街道を外れると、嵐で足場の悪くなった砂地を歩いた。被害や復旧を報告する伝令の兵士が、馬で走ってくるとも限らないからだ。

新月に向かっているのか、月は欠けて小さくなっていた。

月明かりは細く、辺りは暗かった。足場が悪くて何度も転びそうになる。

「もう、なんて歩きづらいの！」

王城に近づくにつれ、ランプの小さな明かりがちらちらとたくさん見えた。それを目指して歩いてきたのだが、思ったよりも時間がかかった。右に左に明かりが動いているのは、近衛兵の見回りだろう。いつもより多くの隊員が警備に当たっているのだ。

「近衛隊の人は忙しいでしょうね。多分あの人はいないわ」

会えないと思うと寂しさが募り、なんだかやるせない気持ちになってしまう。

「夜警に回るのが同じ人だとは限らないし」

違う近衛兵が見回りに来る可能性のほうが大きい。もし、他の近衛兵に見つかったら、見逃してはもらえないだろう。

「私を見逃したことがバレたら、あの人、重い罰を受けるんじゃないかしら」

今さらだが心配になってきた。

「気をつけなくちゃ」

見つからなければいいのだ。

ポルウを繋いで準備すると、塀をよじ登り、塀の上で身を屈めて小さくなる。

中をそっと窺う。

月の光が弱く、暗くてよく見えないが、研究ハウスは先日の嵐でまた傷んだようで、残っていた屋根はなくなり柱だけになっていた。

二度目なので怖いと思わなかったが、どんどん朽ち果てる研究ハウスに心が痛む。

ランシュはロープを頼りに、塀に足をかけて身体のバランスを取りながらゆっくり下りようとした。すると…。

「やっと来たか」

下から声がして、ランシュは驚いた。

「きゃっ！」

塀にかけていた足を滑らせ、体勢を崩して左手がロープから外れた。身体を塀に思いっきり打ちつける。担いでいた綿布袋が下に落ちた。右手一本でなんとかぶら下がったが、手の中でロープはずるずる滑り、火傷《やけど》したような掌の痛みにロープを放したランシュは、目を閉じて落下の衝撃を覚悟した。

だが、ランシュの身体は下でしっかりと受け止められた。

「大丈夫か？」

細い月明かりの中、すぐ傍にはあの男の顔があった。

ランシュは目を見張った。男が下で受け止めてくれたのだ。

会えた嬉しさが込み上げて、目の奥がきゅっと痛くなる。

「すまない。声をかけなければよかった。怪我はないか？」

心配そうに尋ねる男に何度も頷いてみせた。涙が溢れてきて、言葉にならなかったのだ。

「どうした、どこか痛いのか？」

嗚咽《おえつ》が抑えられない。

忍び込む緊張、落下の恐怖、男に会えた喜びなどがないまぜになってしまったのだ。

男は困った顔をしていたが、ランシュをそっと下ろすと抱きしめ、泣くな、と耳元で囁いた。

ランシュは男にしがみついた。男の広い胸は安心できる場所だった。男はランシュが落ち着くまで、ずっと抱きしめてくれていた。

「怪我はないか？」

「ええ。…つう」

差し出された袋を受け取ると、掌に激しい痛みを感じた。見ると、右の掌の皮がべろりと剝《む》けている。

「これは酷い」

男はランシュが持ってきたランプに明かりを点すと、携えていた水筒の水でランシュの手を洗い、ポケットから取り出した小さな円柱形の入れ物に入っていた軟膏《なんこう》を塗った。

「擦り傷や切り傷にはよく効く薬だ。持っていけ。こまめに塗るといい」

「ありがとう」

受け取った薬をなくさないよう、袋の中に大切にしまう。

「ここに来たということは、土が欲しいのだな。覚悟して来たのだろうな」

「はい」

ランシュが真剣な表情で頷くと、男は驚いた顔をした。

「本気なのか？　今度は途中でやめたりはしないぞ」

「どうしても土がいるの」

男は溜息をつくと、理由を言ってみろ、と言った。

「それは…」

説明しても理解してくれるだろうか、とためらうが、言わねば土は渡せない、と男は本気のようだ。

「私は、ランシュといいます」

「ランシュ」

男に名前を呼ばれると、自分の名前が特別な響きを持って聞こえた。

もっと呼んでほしい。

「ランシュ、か」

「はい。あなたの名前は？」

男に問うと、少し間を置いて、ダル、と答えた。

「ダル様」

一度だけ口にして、後は心の中で何度も繰り返した。

ランシュは祖父や両親のこと、花や野菜の栽培を目指していることや、借金があることをダルに話した。

「香皇国の研究者がウラドノールに残っていたのか。他にもいるのか？」

「多分、祖父だけだと…」

ランシュは植物研究をしている香人に会ったことがない。

「それで、ひとりで研究を続けているのか。どうして役人に申し出ない。国王から援助してもらえたかもしれないぞ」

「そうかしら。植物を育てることをお考えならば、ここが、王妃様の庭園がこんなふうにはならなかったはずだわ。国王様もお役人の方々も、誰も食料自給を考えていないのよ」

買えば済むと思っているのではないか、とランシュはずっと感じていたことを話した。

「そんなことはない。考えているものもいる」

男は反論した。

「どなたが？　国王様？　お役人？」

「それは……」

「こんなになっても、誰も見向きもしないじゃない」

ランシュは以前よりもさらに荒れた庭園を見回した。

「ここは、小さな香皇国なのだ」

ダルはぽつりと言った。

「香皇国？」

「ランシュが言いたいことはわかる。だが、この庭園ではダメなのだ。ここは、ウラドノールであってウラドノールではない。お前にはきつい言い方かもしれないが、種や苗、土も肥料もすべて香から運んできたもので作られた、まやかしの庭園だ。ここで植物が育っても、ウラドノールにとって意味はないのだ」

「あなたは……」

ランシュは愕然《がくぜん》とした。近衛兵であるダルが、ランシュが苦慮してきた核心を鋭く突いていたのだ。

「我が国で育てられる植物は少ない」

ランシュは頷いた。

「塩害さえなければ、砂地でも植物は育つとは思うの。でも、塩をすべて取り除くことはできない。風が吹けば塩分を含んだ砂が飛んでくるし、海にも面しているから……」

「そうだ。この土地で育てられるものを探さなければならない。お前が育てているカランは、最も適した植物だ。花や野菜よりも、まずは香油の生産を増やすことを考えたらどうだ」

それを試している時間が私にはないの、とランシュは首を振った。

「借金の期限が来てしまうから。いただいた土は嵐でダメになってしまって…。だから、もう一度だけ、私に土をください」

「私が借金の肩代わりをしよう」

ありがたい申し出だったが、ランシュはすぐさま断った。

断られるとは思わなかったのだろう。ダルは驚いた顔をした。

「なぜだ。払えば済むではないか」

「私の借金だから、私が返します」

頑固だ、とダルは呆れたように吐き捨てる。

「ええ、なんと言われてもかまわないわ」

「ならば、その身を差し出すのだな！　後で文句を言っても…」

「言いません！　私を抱いてください」

ランシュはまっすぐに男を見て言った。

「若い娘が自分からそのような」

ダルは渋い顔をする。

「恥じらいがないのはわかってます。でも、借金が返せなければ、どのみち借金の形に囲われものになるしかないから」

「個人に身を売るというのか？　そのようなこと、我が国では認められていない。いったいどこの誰に金を借りたのだ」

ランシュが思ったとおり、ダルは貴族なのだろう。

「よくあることよ。娼館にいる女性だって、表向きは自分から働きに来たことになっているけど、たいてい借金が理由で身体を売っているもの。個人相手か店相手かの違いだけ」

「身を売ってしまったら、嫁ぐことができなくなるかもしれないぞ」

「そうね」

ランシュ自身、よくわかっている。

「でも、嫁げば綿花も芋もカランも思いどおりに育てられなくなってしまうし、ガドラを着て畑仕事をしている私をもらってくれる奇特な人はいないから、いいの」

「そんなことはない。お前のような働きものを、嫁に欲しがるものは大勢いる」

ランシュは泣きそうになった。

「私、借用書を持っている男に囲われるのは、絶対に嫌なの。だから、返せなかったら娼館に身を売ることになると思う。だったら…」

声が震える。ランシュは深呼吸した。

「せめて、初めての相手は自分で選びたい」

「それが、私だと言うのか？」

「最初にこの身を捧げると約束したから」

本当は、あなたが好きだから…。

「土など好きなだけ持って帰ればいい。ランシュ、私がああ言ったのは…」

ランシュはしゃべっているダルの唇に指先を当て、小さく首を振った。

期限ぎりぎりまで頑張るつもりでいるけれど、もし失敗して娼館に行くことになっても、ダルとの思い出があれば、辛くても乗り越えていける。

「ダル様。お願い」

黒い瞳はじっとランシュを見つめていたが、ランシュの覚悟を受け止めてくれたのか、ダルの右手がランシュの頬を包んだ。

ランシュはうっとりとその大きな手に自ら頬をすり寄せ、目を閉じた。

ランシュはダルに導かれて、簡易寝台に座った。

「こんなものを持ち込んでたの？　もしかして、あなたは毎日ここに…」

ランシュの言葉は、隣に座ったクロストムの唇に奪われた。

クロストムは幾度もランシュの唇を啄んで、合間に頬や額にも優しい口づけを落とす。

ああ、ルインが言っていたような口づけだわ。

ゆっくりと寝台に押し倒される。ダルの顔を見上げると、その後ろに痩《や》せ細った月が浮かんでいた。

ボタンがひとつずつ外されて夜気に肌が晒《さら》されると、寒くもないのに身体が震え、ランシュの胸のときめきは一層激しくなった。

カチーフを取って露わにした髪を、ダルがそっと撫でた。

ガイジュの言うこと聞いて、少しは手入れをすればよかったわ。

王城に来る前に水浴びをして、身体も髪も清めてきたけれど、まったく手入れをしていないぼさぼさの髪をちょっぴり後悔する。

ダルの唇が、再びランシュの唇に軽く触れた。幾度も啄んで、ねろりと唇を舐める。促されてうっすら唇を開くと、ダルの舌が口腔へと押し入ってきて、柔らかな舌が内側をくまなくねぶっていく。

「ん…っ、ん」

むず痒《がゆ》さが身体の中を流れた。

ランシュの舌を引きずり出すようにダルは強く吸い上げる。舌が絡み、互いの唾液《だえき》を交換し合う。息苦しさに咽《む》せそうになり、つーっと口の端から唾液が流れ落ちると、ダルの舌がそれを追うように、ランシュの頬を舐めた。

唇が離れ、ランシュはほうっ、と息をついた。

ランシュは高揚していた。口づけに加え、これから与えられるであろう快感が記憶の中から蘇ってきて、下肢の蜜壺が潤み出す。まだ弄《いじ》られてもいないのに乳首はぷっくりと膨らんで、ダルのさらなる愛撫を待ち望んでいる。

ダルの大きな手がランシュの乳房を摑み、やわやわと揉みしだいた。そうしながら、首筋から鎖骨へと唇が移動し、あちこち甘噛みして乳房へと移っていく。

胸の奥の、自分でもよくわからない場所が、きゅんとする。

乳首を舌で転がし、口に含んで吸い上げられると、ぞくっとする快感がランシュを襲う。

「あんっ、あぁ…」

「感じやすい身体だな」

「私、変なの？」

「いいや。私が触れるのを、こうして待ち望んでいたのだろう？」

きゅっと指で乳首を摘まれると、ピリピリとしたものが身体の中を駆け巡った。

「んんんっ……ぁんっ」

「かわいい身体だ」

「ほん、と…に？」

下品だと軽蔑《けいべつ》されるのではないかと不安だった。

「どうしてお前は、いつも私の言葉を信じないのだ」

ダルはクスッと笑い、もうしゃべるな、と乳房に顔を埋《うず》めた。

ダル様が笑った。

もっと見ていたかったけれど、ダルの顔は乳房に隠れて見えなくなる。

両の乳首を摘んで転がされたので、顔を見るどころではなくなってしまったのだけれど…。

ランシュは快感に翻弄されて喘《あえ》ぎ、声を出すと誰かに気づかれるのでは、と心配していたのははじめのうちだけだった。

ダルが制服を脱ぎ捨てた。鍛え上げられた見事な身体が、ランプの小さな明かりに照らし出される。

厚い胸板や固く割れた腹筋は美しく、ランシュはうっとりと見つめ、恐る恐る手で触れて確かめてみる。

温かな肌は汗ばんでいて確かに生身の身体なのだが、まるで削って磨かれた石灰岩の彫像のように美しかった。昂《たかぶ》った分身を目にしたのは初めてだが、それすら美しく思えた。

ランシュが胸や腹に触れるのを、ダルは好きなようにさせてくれたが、すぐに手を摑んで動きを封じ込めると、ランシュの上にのしかかってきた。

二人の重みに簡易寝台がぎしりと軋んだ。壊れるのではないかと気になりそれを口にすると、まったくお前は…とダルが苦笑いし、

「私だけを感じていろ」

と張り詰めた乳房を、一層激しく揉みしだいた。

肌と肌が触れ合う。ダルの身体を全身で受け止めると、言いようのない感情が高まって涙が溢れた。

大きな掌が肌の上を滑ってランシュの快感を導き出す。どこに触れられても、身体の奥底から淫靡な感覚が溢れてくる。柔らかな脇腹を撫でたり嚙まれたりするだけで、甘ったるい喘ぎ声が止まらなくなり、ダルの長い髪の毛先が触れるだけでも、感じてしまう。

「ぁん、ふっ…んっ」

私、おかしくなっちゃったの？

ダルは指先だけでランシュの身体を自在に操り、嬌声《きようせい》を引きずり出す。快楽のうねりが幾度もランシュを襲った。うねりは風に流されて蛇行する砂の動きさながらで、ランシュを翻弄した。小さくやってきたかと思えば、突如として大きくなるのだ。

ダルの頭が徐々に下肢へと下りていく。いきなり両脚を大きく割り広げられた。

「あっ…」

恥ずかしい場所が露わになる羞恥《しゆうち》に脚を閉じようとしても、ダルの身体に阻まれる。

そろりと恥部の叢が撫でられた。くすぐったくって両脚をバタバタ動かすと、相変わらずお転婆だな、とダルが太腿の内側に嚙みついた。

痛みに上体を起こすと、ダルの瞳がランプの明かりに反射して、妖しく光った。

スゥエッテンの深い森には、人間を襲って易々《やすやす》と肉を嚙みちぎってしまう大きな黒い獣がいるのだという。

自分の脚に食らいついているダルが、ランシュには大きな黒い獣のように思えた。

太腿の肉を嚙みちぎり、骨までしゃぶり尽くされてしまうのではないか、という恐れと、このますべてを食べ尽くされてしまいたい、という不思議な欲望が交錯する。

蜜が滴るあの場所に、ダルの指が差し込まれた。くるりとかき混ぜられると、未だ拓《ひら》かれていないそこは固く閉ざしていて、痛みと違和感があった。

「う…くっ…」

ここでひとつになることはわかっているし、心から望んでいるけれど、ダルの大きな昂りを目にしてしまった今、怖さが先立つのだ。

ランシュが身を固くしたのがわかったのだろう。ダルは動きを止め、叢に顔を埋めた。

指とは違う柔らかなものが叢の奥をねろねろと這い回るので、ランシュは何事かと顔を上げた。

うそっ！

「っ！　あ、ダメっ！　そんな…、あぁ」

あの場所から滴る蜜をダルが舐め取っていたのだ。

そんな愛し方があると、ランシュは知らなかった。拒みたいのに、柔らかな舌先は好き勝手に動き回り、ランシュはたまらず腰をくねらせた。

「やぁん、ダル様、ぅぅっ」

「気持ちいいのか？」

これを気持ちいいというの？

潤みきった秘めやかなあの場所に、くちゅっという恥ずかしい音を響かせ、舌と指が入り込んでくる。ねろねろと舌が動き、それに合わせた指の動きに、あの場所がむずむずしてきた。

「なっ、なに、なんか、ああっ」

次第に指の動きが早くなる。一本だけだったはずの指は、いつの間にか奥でいくつにも枝分かれして、それぞれが柔らかな肉壁を執拗に削っていく。

「ひっ、ああぁっ、ん…っ」

むずむずがどんどん大きくなって、身体全体に広がっていく。

「もうやめてぇ」

身をくねらせて咽《むせ》び泣いても、ダルは巧みに指を動かして蜜壺を弄くり、舌で蜜壺を縁取る花弁を嬲る。そうして時間をかけてランシュを攻め続け、ランシュは声がかすれてしまうほど喘いだ。

「染みができてしまった」

滴った蜜が、簡易寝台の毛織物を濡らしてしまったのだ。

「ほら、こんなに」

蜜壺から引き抜かれたダルの指は、指先だけでなく、根元から手の甲や手首までランシュの蜜に濡れ、ランプので照らされて光っていた。

「いや、知らないわ」

両手で顔を覆うと、熱いものがあの場所に触れた。ダルが昂りをあてがったのだ。

ランシュの蜜壺は、それに呼応するかのようにランシュの意に反してぴくぴくと蠢《うごめ》く。

あっ、あそこが勝手に…。

「お前のここは、私を待ち望んでいるようだな。まるで誘い込むようだ」

「意地悪言わないで」

自分の意志とはまったく関係なく、身体が勝手にそうなるのだ。

ダルは昂りの先端で、花弁を嬲った。

これからダル様と…。

「本当に私でいいのか？」

気持ちに迷いはないのか、とダルが問う。

ダルの分身は熱く滾っているのに、今なら引き返せると言うのだ。

この人は、なんて優しい人なのだろう。

「あなたがいいの。あなたが…」

ダルに向かって手を伸ばすと、ダルは恭しく手を取り、指先に口づける。それを合図にして、ランシュの中に押し入ってきた。

「はっ、くぅ…っ」

いたぁーーい！

あれだけ愛撫されても、あれだけとろとろにほぐされても、ランシュ自身が望んでいても、身体を裂かれるような痛みが襲い、大声で叫びそうになる。

「辛いか？」

痛みに一瞬息が止まりそうになったけれど、ランシュは微笑んで、平気、と答えた。

「お前は…」

ダルが切なそうな顔をする。

そんな顔をしないでほしい。辛いけれど平気なのだ。辛くても、嬉しいのだから。

ダルは分身をランシュの中に収めていき、とうとう互いの叢が密着し合うと、ランシュは静かに息を吐き出した。

身体の中に、どくどくと脈打つ熱い生き物がいる。

苦しくて息をするのも辛いくらいだ。でも、それがダルのものなのだと思うと、込み上げてくる喜びがあった。

好きな人とひとつになるのは、こんなにも幸せなのね。

ランシュの瞳から零れた涙を、ダルが拭う。

「ごめんなさい。悲しいんじゃないのよ。私、嬉しくて…」

そう答えると、ダルの昂りがいっそう大きくなった。

「あ、つぅ…、どうしてっ」

ダルが額にかかったランシュの髪を指で取り除き、愛《いと》おしげに両手で顔を包み込んだ。

「お前が煽るからだ」

ダルが腰を引いた。

「ひっ…」

痛みとともに、背中をぞくりとするものが流れる。

「痛いか?」

「ちがっ…ぁあぅ…」

ダルが再び押し入ってくる。ダルが動くとダルの汗が降り注ぎ、簡易寝台がぎしっと悲鳴を上げた。

た。


「すまない。もう我慢できない」

引き抜いては浅い位置で身体を揺すられたかと思うと、そのまま奥へとねじ込んでくる。ダルの分身が蜜壺の中で不規則に動き始めると、耳を塞ぎたくなるような粘ついた音が響いた。

恥ずかしくて、苦しくて、なのに、身体の奥から得も言われぬ何かが溢れてくる。

「やっ、んぁっ…。ど、して…っ」

「ここか？　ここがいいのか？」

「いやぁ！　あっ、ダメっ！　ひぃっ…」

ランシュが反応する場所をダルは執拗に擦る。持ち上げられたランシュの脚は、壊れた人形の脚のようにゆらゆら揺れた。

突き上げられるたび、ランシュは吐息を吐き、寝台の軋みに合わせるように鳴いた。

「ダル、さ、まっ…あんっ」

鋭い剣を収める鞘のように、ランシュの蜜壺はダルの分身を包み込んでいた。

肉襞を擦られると、痛みよりも快感が勝り始め、分身のさらなる動きを求めるよう、しとどに濡れそぼった蜜壺はダルの激しい突きに呼応する。

怖い、助けて！

視界がぼやけ、風景が嵐のように渦を巻き始める。身体の内側から何かが膨らんで、それ

がどんどん大きくなる。

「へんっ、なっ、いやっ！　ダル様っ、ダル様！　ああっ！」

ランシュはダルにしがみついた。

「ランシュ！　ああ、たまらない」

ダルはランシュの腰を掴んで一層激しく動き、ランシュを攻め続ける。

豊かな乳房が揺れて、腰が淫《みだ》らにくねる姿に、ダルの欲情が煽られていることにすら、ランシュは気づかない。

「あっ…んっ、っんぅ…」

暗い庭園も、空の月も、降るような数多の星も視界から消え、ランシュの世界のすべては、ダルひとりだけになる。

「…あんっ…はっ、んんっ…」

たくさんの星が自分に向かって降り注いでいるのか、それとも、自分の身体が星に向かって飛んでいるのか…。

「ひぃっ…あぁ…、　あぁぁ……」

ランシュの目の前は真っ白になって、痙攣《けいれん》するように身体を仰け反らせた。

ダルの飛沫《しぶき》が身体の奥で弾けたことを、ランシュは知らなかった。

身体は大丈夫か？　とクロストムは何度もランシュに問い、平気だからもう聞かないで、と少し怒ったように言われてからは互いに無言だった。

だが、気まずい時間ではなかった。ランシュはさっぱりとした気性なのだ。クロストムが何か言えば、小気味いいほどにポンポン返してくるが、ふくれっ面になってもすぐに笑顔を見せてくれる。

クロストムはチラリとランシュを窺った。

艶《つや》めいた姿は消え失《う》せたものの、潤んだ瞳に微かな色気が滲んでいる。こんなふうにランシュを変えたのは自分なのだと思うと、落ち着いたはずの気持ちがまた昂ってくる。

しっとりと滑らかな白い肌。横たわっても丸みを崩すことのない豊かな乳房。昂りに絡みつく蜜で濡れそぼった肉壁。

再びこの場ですぐにでも蹂躙したい衝動を、ランシュの身体を慮《おもんぱか》って抑え込んでいるのだ。

このまま城に連れ帰ってしまいたい。

クロストムはそんな思いを必死に押し隠した。

来ないかと聞いても、きっとランシュは首を縦には振らないだろう。無理やり連れ帰りでもしたら、砂嵐のように大暴れするかもしれない。

いっそ、高い塔のてっぺんにでも閉じ込めてしまえば、と考えたが、寝台に敷かれた綿布を裂いてロープを作り、するすると塔から下りるランシュの姿が目に浮かんでしまい、クロストムはそっと笑みを浮かべた。

ふと、最近笑うことが増えたと思う。

マテアムにまで言われるくらいだからな。

女性との会話が苦手なクロストムだったが、ランシュだけは別だった。無理に笑顔を見せなくてもよかったし、変に気を遣わず接することができる。

さくさくと砂を踏むクロストムとロバの足音だけが、二人を包んでいた。このままずっと歩いていたいと思っていると、不意にランシュが手綱を引き、ロバの足を止めた。

「もうここで」

辺りは明るくなり始めていた。もうすぐ日が昇り始めるだろう。

ひとりで帰ると言い張るランシュと砂の入った麻袋ひとつをロバの背に載せ、クロストムはもうひとつの麻袋をかついでここまで送ってきた。ランシュの家まではまだ距離があるけれど、市場に荷を運ぶものたちがそろそろ動き出す時間だった。

「そうか」

ランシュがロバの背から滑るように砂地に降りた。手助けする間も与えてくれない。

クロストムは肩に載せていた麻袋を、ロバの背中に載せ直した。

「ありがとう、送ってくれて。それに土も。嵐の前に掘り起こして、調達してくれていたなんて思わなかったわ。本当にありがとう」

ランシュの笑顔が眩しくて、クロストムは目を細めた。

それからは互いに言葉が出ず、ただ、じっと見つめ合った。

「これを」

ダルは思い立ち、自分の首にかけてあった金鎖を外してランシュの首にかけた。

「こんな高価なもの。私がお金をいらないと言ったから、だから指輪を代わりに？」

金鎖には、細かな意匠を施して大きな宝石が飾られている指輪が繋がれていた。クロストムが生まれた時、国王である父から贈られた指輪だ。

「ランシュなら、きっと花を咲かせられるだろう。私はそう信じている。なのに、お前は自分を信じていないのか？」

「いいえ、絶対に咲かせるわ」

強い意志を持った瞳で言いきるランシュに、クロストムは深く頷いた。

「指輪はその証《あかし》だ。代わりにこれをもらっていく」

クロストムはランシュの頭に巻かれているカチーフを外した。

長い金茶色の髪が流れ出て、ランシュの顔を縁取る。

「私が信じていることを、忘れるな」

少し屈んでランシュを覗き込むと、クロストムは柔らかな髪を指で梳《す》き、誓いのような口づけをした。

「ダル様…」

「お前ならできる」

ランシュは唇を噛みしめて何度も頷いた。泣くのをこらえているようだった。

思わず抱きしめたくなったが、クロストムは拳《こぶし》を固く握って我慢すると、ランシュの肩に手を置き、気をつけて行け、と身体を家路に向かわせてそっと押す。

ランシュは二、三歩歩いて振り返り、ぺこりと頭を下げた。そして、ロバを連れて、振り返ることなく家に向かって歩いていった。

借金をしている相手を探し出すことなど、クロストムにとっては雑作もないことだ。ランシュの借金をこっそり返済してしまってもいいのだが、ランシュがそれを知ったら烈火のごとく怒るだろう。

「ランシュはきっと、花を咲かせる」

朝焼けの中、小さくなっていくランシュの姿を見送って、クロストムはしばらくその場に佇んでいたが、口を引き結ぶと身をひるがえし、嵐で荒れた街道を王城に向けて走り出した。

「おい、そんなところで何こそこそしてるんだ」

トロイが少し離れたところに立っていた。足を忍ばせてきたのか、声をかけられるまで気づかなかった。

庭園から持ってきた新しい土に蒔いた五粒の種は芽を出し、日々すくすくと育っていた。いつものように花の様子を見ていたランシュは、慌てて日除けの綿布を下ろす。

「勝手に入ってこないでよ」

見られたかしら。

トロイには絶対に知られたくなかった。

「何を隠したんだ？」

「あっちへ行って！」

腰の短剣に手を置いて、ランシュは花壇から距離を取るように歩いた。

また短剣で脅されると思ったのか、トロイは割とすんなり花壇から離れ、ランシュの後をついてきた。

「またなんか育ててるのか。無駄だって言ってるだろ」

「私のすることに、いちいち口を挟まないでよ。何を育てていようが、あんたには関係ないでしょ！　この国にだって、植物は育つのよ」

そんな寝言ばっかり、とトロイは嘲笑《あざわら》う。

「寝言って…」

「ウラドノールは金や宝石で国は豊かだし、食料だって輸入していて不自由はないだろ。無駄なことに時間と金をかけても意味がないじゃないか」

「そんなことない！」

「国だって、綿花と芋の栽培しか奨励してないし、他のものを作れなんて言わないじゃないか。やっても、無駄だ、無駄だ」

ウラドノールでも植物は育つのだと反論したいが、証拠としてあの花を見せなければならない。それだけは絶対にできなかった。

「そんなことばっかりやってるから、顔が黒くなるし、借金だって返せないんだぞ」

「うるさいわね。ろくに働いてもいないくせに、偉そうに言わないでよ」

「俺は働かなくても裕福なんだから、仕方ないだろ？」

「ふんっ！」

借金はラクダ屋にしたのであって、あんたにしたんじゃないのに！

しつこくやってくるトロイに注意してもらおうと一度ラクダ屋に行ったのだが、金さえ返せば済むだろうと追い返されてしまった。あの家は末弟のトロイに甘いのだ。街でもやりたい放題やっていて、役人を抱き込んでいるので誰も訴えを起こせない。

「期限はもうそこまで来てるって、わかってるんだろうな」

「しつこい！　お金は返すって言ってるでしょ！」

「へえ、楽しみだな」

ニヤニヤ笑っているトロイに短剣を突き刺したくなり、ランシュは必死に我慢した。

『お前ならできる』

ダル様が信じていてくれるもの。

今度は必ず咲かせてみせるとランシュは自信を持っていた。もし咲かなくても、娼館に入って借金を返済するとランシュは決めていた。

ダルに愛してもらえた。

めくるめく快感に酔いしれ、好きな人とひとつになれた。たった一度だけでも、ランシュは一生分の幸せをもらったと感じていたのだ。

「お前さ、なんか変わったな。なんかさ、なんか前と違う」

そうよ。私は変わったの。

「寝ぼけたこと言ってないで、帰ってよ！　あんたと違って私は忙しいの」

ダルを思い出していたランシュはトロイの言葉に動揺したが、努めて態度に出ないように気を張る。都合よく、家の入り口のほうでセドンの声がした。

「おーい、ランシュはいないのかい？　ガイジュ、ガイジュもいないのかい？」

地声が大きいので、畑で収穫してるのかな、という呟きが、ランシュたちのいる裏手まで聞こえてくる。

トロイは舌打ちして、期限は一日たりとも延ばさないからな、と言い捨てると、のんびり佇《たたず》んでいるラクダのほうへと足早に向かった。

「ああ、ここにいたのか。おや…、あれはラクダ屋の三男坊じゃないか」

村でも街でも、あそこまで太い身体は珍しいので、後ろ姿なのに、誰もがラクダ屋のトロイだとわかるのだ。ランシュはおかしくなって、クスッと笑った。

「ランシュも隅に置けないな。三男坊と仲良くしてるのかい？」

セドンはとんでもない勘違いをした。

「まさか！　やめてよ、セドンおじさん」

ぶるぶる首を振って否定すると、違うのかい？　と残念そうに言う。

「ラクダ屋は金持ちだから、決まったら玉の輿じゃないか。最近ここら辺でよく見かけるから、目当ての娘でもいるんじゃないかと思ってたんだ」

「セドンおじさん、行く当てのない私にだって、選ぶ権利はあると思うの」

真剣な表情でランシュが言うと、セドンは笑った。

「働いていないから、暇なのよ」

ランシュは鼻筋に皺を寄せた。

「確かに、家の手伝いをしているようでもないし、街での噂もあまりいい感じはしないな。それに、見た目がなぁ…」

二人で大笑いした。

「ところで、何か用？」

「実はな、ルインに子供ができたようなんだ」

「ほんとに？　おめでとう。おじさんもお祖父ちゃんになるのね。でも…」

セドンは照れくさそうに笑って、日にちが合わないがな、と笑った。

「調子が悪いようでなぁ。カランの香油を少しくれないか。カランの香りを嗅《か》いでいるとすっきりするらしい。たくさんもらったのに、もう残りが少なくなっちまったようなんだ」

「ごめんなさい、今はないの。実を集めて絞ったら持っていくわ。それでもいいかしら」

村の娘たちや、娘たちに贈り物にしようと求めに来る男も多く、蔓を倍以上に増やしても、頼まれた量には追いつかないのだ。

「忙しいのに、手間をかけるな」

頭の痛いことに、蔓ごと盗んでいったものもいる。村の外から来た人間だと思うので犯人探しは諦めているが、香油の需要が高まれば、悪質な泥棒対策もしなければならない。

ランシュが考えているのは、カランで生垣を作ることだった。

カランには鋭い棘がある。杭を打って支柱を立て、上手く蔓を這わせられないだろうか。それで香りの実の蔓を取り囲んで中に入れなくしてしまえば、自然の泥棒除けができる。砂嵐にも強いので、綿花や芋畑の飛砂除けにも使えるのではないかと考えていた。

「ルインがお母さんになるなんて、本当に嬉しい。ガイジュも聞いたら喜ぶわ。そうだ。産着用の柔らかな綿布を、ガイジュに織ってもらうわね」

「ガイジュの織る綿布は、王城に納められているそうじゃないか。王様や王子様が使うようないいものを、ルインの子になんて…」

ありがとうよ、とセドンは涙ぐんで頭を下げた。

「王子様といえば、聞いたかい？　マテアム様の結婚が二年後に決まったそうで、街の公示場は大騒ぎだった。お相手は香皇国のお姫様らしい。婿入りだそうだ。明日からは地方への伝令が走り回るだろうな」

「まぁ、香皇国のお姫様と」

マテアム王子が婿入りすれば、香皇国との繋がりが強くなる。花や野菜の種が手に入るようになるかもしれないし、研究者が再びウラドノールにやってくるかもしれない。

「クロストム様が婚約するんじゃないかって噂も出ていたよ。マテアム様よりも先に、話を決めるのかもしれないな」

「嬉しいことが重なるわね。クロストム様にはどなたが輿入れなさるの？」

「さぁ、そこまでは。だが、噂が出るってことは、ほぼ決まってるんじゃないかな。クロストム様は質実剛健、真面目で公平な方だと聞いているし、見合ったいい方が来られるんじゃないのかな。なんにせよ、ウラドノールはもっとよくなるさ」

質実剛健で真面目って、ダル様みたいな方なのかしら。

ならば、セドンの言うように、ウラドノールはよくなるだろう。

「これは香油の礼だ。先払いしておくよ」

くれたのは、大量の羊の干し肉だった。

「こんなにたくさん。ありがとう、今日はごちそうだわ」

辺りを窺って忍び込むように窓から入ってきた国王に、クロストムは剣を突きつけた。

剣技では、ガイダル連隊長の上を行くと言われている国王だ。俊敏な動きでクロストムの剣先を避けると、すぐさま自分の剣を抜いて構えたが、相手がクロストムだと知り、目を剝いた。

「おいっ、父親に剣を向けるな。刺客かと思ったじゃないか、危ないだろ」

「コソ泥が入ってきたのかと思いましたので」

息子の嫌みに、国王は渋い顔をして剣を鞘に収めた。

「父上、どちらに行かれていたのですか？」

「あー、ちょっとそこまで」

散歩にでも行っていたような能天気な答えに、クロストムは溜息をついた。

「いい加減にしてください。今にユラムの髪が真っ白になってしまいますよ」

「うむ…」

「うむ、ではありません。いったいご自分のお立場をどう考えて…」

国王はどこか上の空で、クロストムの苦言をまったく聞いていない。

「父上！」

「そんなに喚《わめ》かなくとも、俺の耳はまだ遠くないぞ」

俺と言うのもおやめください、と息子に叱られて、お前は堅いな、と国王は肩を竦めた。

国王の調子のよさは、マテアムがすべて受け継いでいるのだろう。

「堅くもなります。いったいいつもどこへ行かれているのですか」

「どこと言われても、俺が決めているのではないからなぁ」

のほほんと呟く。

「市井に女ができたのですか？」

「女？　まさか」

「では、何をなさっているのですか」

愛妾でないのなら、どんな用があるというのだろうか。

「たまにはいいじゃないか」

「三日にあげず出かけられることを、たまに、と言うのですね」

クロストムに突っ込まれて逃げ場のなくなった国王は、ポリポリと指でこめかみを掻《か》いた。

「そんな嫌みを言わなくてもいいではないか。俺、いや、私だって少しは、こう…」

「事前にお話しするつもりでしたが、いつもいらっしゃらないので話しそびれておりました。準備が整いましたので、私はしばらく王都を離れます。その間は、王城から出るのを禁止させていただきます。ガイダル近衛連隊長に警備を頼みましたので、心してください」

国王が言い訳し始めたのを遮ってクロストムが伝えると、国王は慌てた。

「おい、待て、それは困る」

国王はまずい、まずいぞ、と呟き、うーっと唸った。ガイダルが護衛につけば、王城からこっそり抜け出すことができなくなるからだ。

「しばらくはおとなしくしていてください」

「王都から離れるとはどういうことだ」

クロストムはカランからできる香油の話をした。

「量産できるのか？　ほとんど生らないと聞いたが」

「カランを育てているものがいるのです。まだ研究段階で量産するまでには至りませんが、一本の蔓の八割が香りの実になるまで改良が進んでいるのです」

ほう、と国王は驚いた顔をした。

「そんな研究をしているものがいるのか。どこの州だ」

「王都です」

「王都で？」

クロストムは頷き、カランの香油の生産を含め、ウラドノールで自生している植物の調査に出向く予定だと話した。

「これまでそういう調査をしたことはなかったな」

「砂漠の環境で生きている植物なら、手をかけなくても育ちます。食用となるようなものはないでしょうが、渓谷付近は放置されたままの土地も多いので、まずはそこから調査に入ろうと思います。何か見つかったらクルクの薬師を呼びます」

クルクの民は、香皇国の研究者とはまた別の植物学者でもある。フードつきの黒いマントをすっぽり被った姿で、大陸中を旅して薬草となる植物を探し歩いている。海を隔てた他大陸にも渡っているという噂だ。

雪の多い山岳地帯に住んでいるクルクの民は、寒さには強いが暑さと乾燥には弱いようで、ウラドノール国内で目立った活動はない。自生する植物が少ないウラドノールは、クルクの民にとっては魅力の乏しい国なのだろう。

「薬草として使えるものがあるかもしれない、ということか。だが、クルクはなぁ」

国王がクルクの民を正式にウラドノールへ招いたのは、流行病があったあの時だけだ。入国を拒んでいるわけではないので、薬師は出入りしているし、王都はもちろん地方の州にもクルクの薬屋がある。

しかし、もろ手を挙げて歓迎できない民でもある。

薬と毒は表裏一体だ。薬に精通しているということは、毒にも精通していることになるからだ。

クルクの民がどのような民族なのかよくわかっていないことも、歓迎できない要因だ。住んでいる山岳地帯は険しく、ダレン山脈を共有するスゥエッテンでも、カレトン山付近はまったく把握できていない土地で、大陸全土で薬師の姿はよく見受けられても、クルクの民がどのくらいいるのか、どんな体制で成り立っているのかも知られていないのだ。

「見つかるかどうかわかりませんが、使えるものが見つかれば、国の新たな収入源にもなるでしょうし、また病気が蔓延しないとも限りません。クルクと細い繋がりを持つのは悪くはないかと」

「なるほど。お前がそう考えるのなら、うん、やってみろ。ところでクロストム、お前から香ってくるのが、カランか?」

クロストムはランシュのカチーフを頭に巻いていた。

「いい香りだな。で、その不思議な色のカチーフは、誰からもらったのだ？」

これは…、と答えに窮すると、国王は両腕を広げ、

「さあ、父に話してごらん。時間はある、じっくり聞いてやるぞ」

と、まるで巡業劇団の役者のようなポーズを取る。

「結構です」

「遠慮するな。マテアムには内緒にしておいてやる。ほれほれ」

父上といい、マテアムといい、どうしてこうもお気楽なのか…。

「準備が整ったと先ほど申しました。すぐに出立いたしますので、話はまたの機会に」

クロストムは国王に背を向ける。

「待て、クロストム。渓谷付近は盗賊も出るし、なにかと物騒だ。ガイダルは俺、いや、私よりもお前と行動をともにしたほうがよい」

クロストムは振り返った。

「ガイダルを連れていく気になったか？」

国王の声が弾む。

「父上、私の婚約の噂が街に流れているようですが、そういう事実はないと否定しておいてください。それと、私のことは心配ご無用です」

では、と今度は速足で歩き出す。

「おい、父の話を聞け。頼む、ガイダルを連れていってくれ！」

追い縋ってくる国王から逃げるように、クロストムは侍従のベルムや選抜した近衛隊の隊員が待つ厩へと駆け出した。


「蕾が大きくなってる」

ガイジュが目を輝かせた。

「元気いっぱいって感じでしょ。これまでと違って茎も太いし、葉も肉厚なの」

ランシュは勝手に創った『土の神様』に心の中で礼を言った。

「茎も葉も、濃い緑色だ。もう枯れたりしないよね」

「根もしっかり張っているから、ここまで来たら大丈夫よ。嵐が来たら折れてしまうかもしれないけど、あんなに大きな嵐が来ることはないみたいだし」

ランシュは村のお年寄りたちのところを回って昔の話を聞き、立て続けに嵐が来ないことは確認済みだ。

「あのね、ランシュ…」

割とはっきりものを言うガイジュにしては、珍しく口ごもった。

ランシュが小首を傾げると、

「僕、話しちゃったんだ。家で花が咲くかもしれないって」

ごめんね、とガイジュは謝った。

「謝らなくてもいいのよ。でも、誰に？」

「知り合いの人」

「知り合いって、街でよく会うって言ってた人？」

「うん。それでね、どうしても花を見に来たいって。見せてもいい？」

ガイジュも自慢したかったのだろう。

私だって、咲いた花をダル様に見てもらいたいもの。

胸の谷間にある指輪を、服の上からそっと押さえる。

花がどのくらいの値で売れるのかわからないが、一本はダルに渡したいと思っていた。

「それはかまわないけど、早ければ明日には街へ持っていってしまうわよ」

「そっか。これから鉢に植え替えるんだね」

蕾は少しずつ大きくなり、先端にほんのちょっぴり、赤い色が見え始めていた。一日ごとに開花へと近づいている。

咲いてしまっては長く楽しめない。蕾が膨らみ始めた頃から、花が開く様子を楽しめるほうがいい。

「その人はいつ来るの？」

「蕾ができ始めたって言っただけだから…」

いつ来るとは約束していなかったようだ。

「花がどのくらいで咲くのか僕はわからないし、その人も近衛隊の人みたいだから、花のことなんてきっと知らないよね。見てもらえなくて残念だな」

「近衛隊員なの？」

ダル様のことを知っているかもしれない。

あれから庭園へは行っていないので、ダルに会うことはなかったし、ダルがここまで訪ねてくることもなかった。

「うん、多分…。見上げるような長身で大きな剣をいつも持っているし、僕が街に行くとばったり会うから、多分街を巡回している近衛隊の人だと思うんだけど…」

自信なさげだ。

近衛隊の隊員が何人いるのかも、ランシュは知らない。

「近衛隊の制服は？」

「いつも着ていない。でも、民兵って感じでもないし…」

近衛隊の隊員と民兵組織の兵隊とでは、制服も違うが雰囲気もまるっきり違う。

言葉遣いから立ち居振る舞いまで、近衛隊の隊員は洗練されている。貴族の子弟が多いということもあるが、厳しい規律があるのだ。

それに対して民兵組織の規則は緩く、中には柄の悪い兵隊もいる。

「近衛隊の人でも、上の人は制服着なかったりするのかな？」

「どうなのかしら。私が街で見かけるのは制服姿の隊員ばかりだし、街を巡回するのって新人や下の人なんでしょ？」

連隊長はガイダルで、二人の王子が近衛の隊長を務めているのも周知の事実だ。

けれど、王都の外れに住んでいるランシュたちは、連隊長や隊長の顔を見る機会はなく、だいたい、国王の顔さえよく知らないのだ。

王都で行われる大きな催し物などには国王も顔を出すが、貴族や金持の商人たちが周りを取り囲んでしまっているし、近づいたりもできない。

城壁の周りに集まった民のほとんどは、遠くから立派な姿を拝んで、あれが国王様だよ、などと話すくらいで、国王の顔を間近で見たことのある民はごく少数なのだ。

「今度会ったら聞いてみる。ねえ、これでトロイさんは来なくなるよね」

「借金が全部返せるかどうかはわからないけど、残っても少しだけになるはずだから、その分だけどこかで借りるわ」

全部売らなくても借金が返せるかもしれないし、全部売っても足りないかもしれない。足りなかった場合は、どこかで借りてでも、ラクダ屋の借金は完済するつもりだ。

「僕、いつも納品している綿布問屋のバダンさんに話してみる。店主のゴミルさんにお金貸してもらえるように頼んでくれないか、って」

「ありがとう。すぐに次の花を育てれば、利息が増えないうちに全部返せるわ」

見通しが立って、二人は微笑み合った。

「お祖父ちゃんの種、まだ残ってるんだよね」

あと二十粒ほど残っている。

「だったら、次に咲いた時、見に来てもらってもいい？」

いいわよ、とランシュが言うと、ガイジュは嬉しそうに笑った。

庭園の土でまた祖父の種を育て、それを売って資金を作り、新しい種や腐葉土を買おう。花が終われば種が採れる。葉や茎から増やせる種もあると祖父から聞いているので、それも試したい。

やってみたいことがどんどん増えていく。

それもこれも、ダルが土をくれて、花が蕾をつけたからだ。

庭園に行けば、また会えるかしら。頼めば、土をくれるかしら。

ダルのことを考えると、胸がときめいて身体が熱くなる。

ダルへの思いは、ランシュの心の中であっという間に芽を出し、茎は一気に伸びて葉を茂らせ、今、大輪の花を開かせていた。

ダル様…。

「ランシュの顔、赤いよ」

現実に引き戻されたランシュは、さあ植え替えよ！　と袖を捲《まく》って鼻息も荒く仁王立ちした。

ランシュの姿にガイジュが笑い転げる。

ガイジュに手伝ってもらい、ランシュは花を鉢に植え替えた。

お茶を飲んで一息つくと、明日に備えてセドンの家にポルウを借りに行くことにした。

心を弾ませながら、ランシュはポルウを借りにセドンの家に行った。

いいことでもあったのかい、とセドンに言われるほど、ランシュは晴れ晴れとした顔をしていた。

花のことはセドンにも内緒にしている。借金を返して次に植えた種が蕾をつけたら、セドンや村の人たちに花をお披露目するつもりだ。

ランシュはひとしきり、ルインのことなどをセドンと話し、ポルウを連れて家に戻ってきた。そして、綿花の収穫に畑へ向かおうとした。すると…。

　ぱらり。

ランシュの足元に、赤い小さな切れ端のようなものが飛んできた。

「何かしら」

指でつまむと、綿布ではなく、しっとりとした植物の葉のような感触だった。

「これって、花びら…？」

前を見ると、赤い花びらと緑の葉が、何枚も砂の上で風に煽られ踊っている。

ランシュは手にしていた収穫用の綿布袋を放り出すと、花壇まで走った。

「っ！」

目にした光景に、ランシュは呆然として声も出なかった。

そこには、座り込んで固い蕾の花びらを毟《むし》っているトロイがいたのだ。

花は鉢から引き抜かれ、葉と蕾のなくなった茎は何ヵ所も折られていた。開いていない蕾の花びらさえ、トロイは一枚ずつばらばらにして散らしていたのだ。

祖父が品種改良した花の種は、暑く乾燥した『呪われた大地』でやっと育ってくれた。これからさらに、深紅の美しい姿を見せてくれるはずだった。

風に舞っている花びらはまだ淡い色だったが、あと数日で真っ赤に変わって開花するはずだったのだ。

花はしゃべりもしなければ鳴きもしない。ひっそりとそこに佇んでいるだけだけれど、芽を出し、茎を伸ばし、砂の大地で人間と同じように一生懸命生きている。

その命を、いたぶるような陰湿で残忍なやり方で、トロイは簡単に握り潰してしまったのだ。

ランシュの身体がぶるぶると震え出す。

最後の一株を鉢から引き抜こうと手を出すのを見て、ランシュは叫んだ。

「トロイ!」

作業に没頭していたトロイは、ランシュが来ていたのに気づいていなかったようだ。ランシュを見上げ、気まずそうな笑みを浮かべる。まるで、ちょっとした悪戯《いたずら》を見つけられた子供のような笑みだった。

「ラ…ランシュ…」

名前を呼ばれ、ランシュの何かがぷっつりと切れた。怒りで気が狂いそうだった。

怒気で顔が真っ赤になったランシュを、トロイは不思議そうな顔で見ていた。

「おい、そんなに怒らなくてもいいだろ。たかが花じゃないか」

トロイはいつもランシュがいる花壇で花を見つけたのだ。そして、花を売って借金を返すつもりなのだと気づき、花がなくなれば借金が返せなくなり、ランシュが自分のものになると安易に考えたのだろう。

「赤いのがいいのか？　こんなもの、これからいくらでも買ってやるよ」

「こんなもの…」

ランシュは低い声で呟いた。

「ああそうさ。ランシュはそんなに花が好きだったのか。親父《おやじ》に頼めば、香からいくらでも仕入れられるんだぜ」

トロイは自慢げに言った。

貴族や商人は、金を積めばなんでも買えると思っている。実際、花も鉢植えの状態で香から運ばれてくる。大金を積めば買えるものなのだ。

だが、それはランシュの望む花ではなかった。

自らが手をかけ、ウラドノールの大地に根を張り、ウラドノールで咲いた花でなければ、ランシュにとってなんの価値もない。

試行錯誤を繰り返し、挫けそうになりながら、ガイジュやダルに励まされてやっと形にできたことを、こんなもの、の一言でトロイは片づけた。

「こんなものですって！」

お祖父ちゃんが品種改良した世界にふたつとない花を、砂の大地で育ってくれた大切な私の花を…。

「う……うあああぁぁぁぁーっ！」

ランシュは雄叫びを上げ、腰の短剣を抜いた。

柄を握りしめたランシュの両の手は、冷たくなって震えた。武者震いではない。恐怖でもない。腹の底から湧き起こってくる、大きな怒りからだった。

「死ねっ！」

ランシュはトロイに向かって短剣を繰り出した。

以前、短剣を抜いて振り回した時とはまったく違うランシュの素早い動きに、トロイは転がってなんとかかわすと、驚愕した顔になった。

まさか、ランシュが自分を刺しに来るとは思わなかったのだろう。慌てて立ち上がると、身体の肉を揺らして距離を取る。

ランシュが砂地に足を踏ん張り、次の攻撃にかかろうとした時、トロイはいつも飾り物のように腰に携えている剣を抜いた。

「そんなので、長剣に勝てると思ってるのか？」

そう言いながらも、剣をかまえたトロイの腰は引けていた。

「あんたが死ねば、それでいい！」

自分が大怪我をしても、命が奪われても、トロイがこの世から消えてくれさえすれば、それでよかった。

「ランシュ！」

騒ぎに気づいたガイジュが家から飛び出してきて、ランシュに駆け寄ろうとした。

「ガイジュ、来ちゃダメ！　家に入ってなさい！」

「危ないっ！　二人ともやめて！」

ランシュが短剣を振りかぶると、トロイは剣を突き出す。ランシュが剣を小刻みに繰り出すと、トロイは剣を振り回す。

長い剣の利を生かしてランシュを近づけまいとするが、逆に、剣の重さに振り回され、トロイはふらついていた。ランシュの素早い攻撃を、トロイはなんとかかわしているが、息が上がり、足取りは覚束《おぼつか》なくなっていた。普段ろくに働いてもいないからだろう。

ランシュの息も荒かったが、疲れたからではなかった。怒りで興奮しているのだ。

互いの剣先が激しくぶつかって、固い音が響き渡る。

「も、う、この辺で…、やめたら、どうだ。気…が、済んだ、だろ。まさか本気…じゃない、だろ？　なっ、なっ」

「命乞《いのちご》いは、みっともないわよ！」

トロイはやっと、ランシュが本気だと気づいたのだろう。汗だくになって剣を振り回し始めたが、ランシュは短剣で易々と跳ね返していた。

毎日畑仕事をしているランシュだ。男たちに混じって芋の入った重い麻袋も運ぶので、腕力も握力もある。

ランシュが踏み込んだのを避けようとしたトロイは、砂に足を取られて仰向けにひっくり返り、その拍子に、持っていた剣を放り投げてしまった。

「しまった！」

慌てて拾おうとするが、ランシュが素早く剣の柄を蹴り飛ばし、トロイの手元から遠ざける。

「さあ、覚悟しなさい！」

ランシュは剣を握り直した。

「ランシュ、やめて！　もう許してあげてよ」

「いいえ、ダメよ。絶対にダメ！　近づいたら、ガイジュも刺すわ！」

トロイを睨み続けたまま、ランシュはガイジュを脅した。

「ひぃぃーぃ、ひっ、人殺しは、重い、重い刑罰があるんだぞ！　お前は、罪人として首をはねられるんだぞ！」

トロイは唾《つば》を飛ばしながら、息も絶え絶えに喚いた。

自分の首がはねられるのはかまわない。だが、ガイジュをひとりにしてしまう。人殺しの弟と、周りから誹《そし》りを受けるかもしれない。

ランシュは一瞬ためらったが、どうしてもトロイを許すことはできなかった。

「そんなこと、知ってるわ！」

脅しが効かないと悟ったトロイは、尻で後退りながら、砂を掴んではランシュに投げつけ始めた。

ランシュは顔を庇いながら、じりじりとトロイへと近づく。

「おいっ、ガイジュ。ランシュを止めろ。止めるんだ！　頼む、止めてくれ！」

刺すとまで言われたガイジュは、ランシュが本気だとわかって動けなかった。

「やっ、やめろ、やめてくれーっ！」

トロイは両足で交互に砂を蹴って、尻でいざっていく。

無様な姿だとランシュは思った。

ダル様なら、見事な剣技を見せるでしょうに。

自分を信じてくれたダルに、申し訳ないという思いが募る。

ああ、ダル様。ごめんなさい。

ランシュの周りは、しんとした静寂に包まれていた。

なぜか、夜明け前のようだと思った。

暑い日差しが照りつけているはずなのに、まったく暑くなく、逆に悪寒を感じた。風の音すら聞こえてこない。激しい心臓の音だけが木霊している。

遠くで、ガイジュが何か叫んでいた。

ガイジュ。許してね。

馬の嘶きが聞こえたような気がした。

時間がゆっくり流れ、世界は水滴を通したように歪んで見えた。

ガイジュの声と聞いたことのない男の声とが、うわんうわんと耳の中で渦巻いた。

トロイは陸《おか》に上がった魚のように口をパクパクしている。

ランシュは短剣を両手で握って構えなおす。

「覚悟！」

叫ぶと、一気に時間が走り出した。

「だっ、誰か、助けてくれーっ！」

トロイの叫び声に反応して、ランシュは地面を蹴った。短剣ごと体当たりするように、ランシュはトロイに向かって飛んだ。

短剣が膨らんだ腹に吸い込まれる寸前、ランシュの手首が大きな手に掴まれた。

「よせ！」

すぐさま手の甲を打たれ、短剣を取り落とす。

トロイの股間《こかん》の際《きわ》に、短剣がざっくり突き刺さった。

「ひぃぃぃっ」

トロイが引きつった悲鳴を上げた。

「放して！」

大きな手は、ランシュの手を摑んで放さない。

「ダル様、ランシュを捕まえて！」

ガイジュが叫ぶと、ランシュの身体を太い腕が抱え込んだ。

ダル様？

まさか、と思って相手を見上げた。

違う、ダル様じゃないわ。

見知らぬ男だった。ランシュの知っているダルではなく、もっと年嵩の男だ。

私ったら、バカみたい。ダル様が来るわけがないじゃない。

「いったいどうしたというのだ。娘が剣を振り回すなど」

険しい表情で男はランシュに問うたが、ランシュはぜいぜいと荒い息をしながら、ぼんやりと男を見上げていた。

ガイジュが駆け寄ってランシュの顔や手や肩に触れて無事を確かめだすと、男はやっとランシュを放した。

「ランシュのバカ！」

ガイジュがランシュの頰を打った。

「ガイジュ…」

「どうしてこんなことを」

肩を摑んで揺さぶられ、呆《ほう》けていたランシュははっとした。

「トロイはどこ！」

トロイは自分の剣を放り出したまま、ラクダに乗って逃げ出すところだった。

「待てっ！」

短剣を拾って追いかけようとするランシュにガイジュが縋りつき、必死の形相で短剣を奪い取る。

「いったい何があったの」

言いたくても、言葉にならなかった。

風に煽られて花びらが砂の上を舞い、足元に飛ばされてきた。ガイジュはしゃがみ込んでそれを拾った。

「これ、花びら？　まだ蕾だったのに…」

花壇のほうを見たガイジュは、息を呑んだ。

「花が…。なんて酷い。トロイさんがしたの？　だからあんなこと…」

無残な姿になった花を見て、ランシュがあれほどまでに激高した理由がわかったのだろう。

ガイジュは花びらを両手で包み、はらはらと涙を流した。

ランシュは、ただ、その場に立ち尽くしていた。

心にぽっかりと大きな穴が空いてしまい、涙も出なかった。

砂の上に散った花びらと葉を、ランシュはできるだけ拾い集めた。黙々と拾い集めるランシュを、ガイジュとダルという男も手伝ってくれた。

「こんなことになっているとは思わなかった。申し訳ない。あの男を逃がさなければよかった。訴えるのなら、俺が証言してもいい」

男は親切にもそう言ってくれたけれど、ランシュは、いいえ、と首を振った。

現場はランシュしか見ていない。訴えても、借金を踏み倒す言いがかりだと言われてお終いだ。トロイのことだ。役人に賂《まいない》を渡して都合よく片づけてもらうだろう。

「あれでよかったのです」

訴えても、花は元に戻らない。

セドンと立ち話などせず、すぐに帰ってくればよかったという後悔がランシュを苛《さいな》んだ。

蕾のまま、散らされてしまった花たち。こんなふうに生を終わりにしてしまった花たちに申し訳なく思い、ランシュはきつく唇を噛んだ。

集めた花びらからふんわりと甘い香りがして、ランシュを慰めてくれる。

ごめんね、咲かせてあげられなくて。

「そなたはガイジュの姉だな」

男はランシュに問うた。

「はい。ランシュです。ご迷惑をおかけしました。あなたは…、もしかして弟を助けてくださった方ですか？」

「街ではよく会う。花が咲くと聞いたので見に来たのだが、剣を振り回しているとは思いもしなかったぞ」

同じ名前だからか、男はどことなくランシュのダルに似ている気がした。けれど、まるで太陽のように笑う男は、冴《さ》えた月のようなダルとは対照的だった。

「これは見事だ。ウラドノールで花が咲くとは。よくここまで育てたな」

かろうじて残った一本をしげしげと眺め、ランシュを称賛した。

「ええ、でも…」

借金は返せない。

「借金返済のために花を育てていると聞いたが、借金はいくらだ」

「それを聞いてどうするんです？　貸してくださるというのですか？」

「ガイジュが望むなら」

男はガイジュに視線を送る。

「ダル様、お金を貸してくださるのですか？」

ガイジュが期待に満ち溢れた表情で男を見つめると、男は深く頷いた。ガイジュは零れんばかりの笑みを浮かべ、男も答えるように微笑む。

そんな二人をよそに、お金を借りることはできません、とランシュはきっぱりと断った。

「どうして！　借金を返さないとトロイさんのところに行かなきゃいけないんだよ」

ガイジュは訴えた。

「見ず知らずの人には借りられないわ。何してる人かもわからないのに」

男は声を上げて笑った。

「借りるのが嫌なら、その花を買い取ってもいい。それなら納得できるだろう」

「花を売りに行く予定だったんだし、ダル様に買っていただこうよ。それでいいよね」

トロイの魔の手から逃れたのは一本だけだ。

「ダメよ、売れないわ」

「どうして？　一本しかないのに」

「一本だけだからよ」

ダル様に見てもらいたい。

「私、花を贈りたい人がいるの。約束したの。絶対に咲かせるって。この花を見たらきっと喜んでくれる」

ダル様は、笑ってくれるかしら。

首に下げた指輪を、ランシュは握りしめた。激しく動いたからか、いつもは胸の谷間に埋もれている指輪は、服の表に現れていた。

「その指輪は…」

男が目を止めた。宝石がついた高価な指輪だと気づいたのだろう。

「いただいたのです。花を咲かせるという約束の誓いに。この指輪の持ち主をご存知なのですか?」

「クロストム、王子の指輪だ」

「クロストム王子様!」

ランシュは息が詰まりそうになった。貴族の子弟だとは思っていたが、まさか王子だとは思わなかったのだ。

あの人が、ダイル・クロストム王子。

「その指輪を売れば、借金などすぐ返せるだろうに」

「これを売るなんてとんでもない。これは…」

クロストム王子が、いいえ、私のダル様が私を信じてくれた証。

『呪われた大地』で花が咲くと信じてくれた人だ。そして…。

私が好きになった人。

貴族だと思っていたし、到底結ばれることなどない相手だとわかっている。ダルがクロス

トム王子ならば、婚約が決まったらしいとセドンから聞いたばかりだ。

でも、あの夜だけは、私を、私だけを愛してくれたわ。

それだけで、ランシュは十分だったのだ。

祖父から受け継いだ知識で、綿花や芋の質は上がり、カランの香油も少量作れるようになった。庭園の土の力を借りて花も咲かせることができた。

これまで自分が目指してきたことは無駄ではなく、ウラドノールの大地で花や野菜を作ることも、クロストム王子によっていつか実を結ぶ日が来るだろう。

ウラドノールで植物を育てることを、ダル様は真剣に考えてくれているんだもの。

ランシュが微笑むと、ガイジュは不思議そうな顔で見つめた。

「自分が借りたものは、自分で返さないと。私、明日娼館に行くわ」

晴れ晴れとした顔でランシュが宣言すると、ガイジュは反対した。

「嫌だ。ダメだよ！」

「前にもそう話して、ガイジュも納得してくれたでしょ？」

ランシュは言い聞かせる。

「僕が行く。僕が娼館に行く！」

「まて、ガイジュ。それはいかん。いかんぞ！」

ランシュよりも先に、男が慌てだす。

「どうしてですか、ダル様」

「どうしてって…」

「ランシュは女の子なんですよ。娼館に行ったら…」

きっとなんとかなる、と男はガイジュを宥《なだ》めるものの、なんとかって？　と問われ、困りきった表情で言いよどむ。

「諦めろ、って言うんですか！」

「違う。絶対になんとかする。俺を信じろ。頼むから信じてくれ」

男が必死に説得する。

「この指輪がクロストム様の指輪だと知っているのなら、あなたは、クロストム様にお目通りができるのですね」

男が頷くと、これを、とランシュは金鎖を首から外して指輪を男に渡した。

「あなたからクロストム様に。花が咲いたら、お返ししようと思っていましたから」

「俺を信じてくれるか？」

男は優しい眼差しをしていた。

「ガイジュが信頼する人ですから」

「ガイジュに誓おう」

男は真剣な顔で答えた。

この人がいれば…。

ガイジュをひとり残していくことが気がかりだったが、こうして親身になってくれる人がいるのなら大丈夫だろう。セドンや村人たちもいる。

「どうしてランシュとダル様で勝手に決めちゃうの！　二人でどこかに逃げよう。ねっ、そうしようよ」

ランシュはガイジュの顔を両手で包んで引き寄せると、こつんと額を合わせた。

「自分がしたことは、自分でケリをつけなきゃ。でも、あなたのダル様を信じましょう」

ガイジュは縋るような眼差しを男に向ける。男が頷くと、不貞腐れたような顔で、わかった、としぶしぶ答えた。

ランシュは家からお天気日記を持ってくると、一本だけ残った鉢植えとともに男に渡した。

日記には、嵐と井戸水の繋がりや、プルメリア大陸全体の気候がウラドノールに影響を及ぼすことも書き込んである。

きっと、ダル様の役に立ってくれるはず。

「あの方にお伝えください。ランシュは約束を守ったと」

「確かに伝えよう」

日の出とともに起きたランシュはいつものように畑仕事をすると、昨夜絞ったばかりのカランの香油を小さな壺に入れて栓をし、すでに纏めてあった荷物の中に忍び込ませた。

今日くらいは女の子らしい格好がいいかしら、とも思ったが、娼館に入ってしまえばお仕着せが与えられるはずだろうと考え、いつものガドラを着てカチーフを頭に巻いた。

畑とガイジュを頼むと綴《つづ》った手紙を、テーブルの上に置く。

「セドンおじさんが来たら、この手紙を渡してね」

ガイジュの返事はなかった。

昨日しぶしぶ頷いたものの、やはり納得していないのだろう。あれから一言も口をきいてくれなかった。

今も目にいっぱい涙を溜めて、じっとランシュを見ているだけだ。

「行くわ。元気でね」

ぎゅっとガイジュを抱きしめると、ランシュは荷物を持って家を出た。

「ガイジュとたくさん話したかったんだけど…」

仕方がない、とランシュは自嘲した。

歩きながら丹精込めた畑を見渡し、風景を瞼《まぶた》に焼きつける。

風が頬を撫でた。

この風を再び感じられるのは、いつのことになるだろうか。

「戻ってくるわ」

誰ともなしに呟くと、ランシュの瞳が輝いた。

覚悟は決まっている。せっせと働いて、一日でも早く戻ってくるつもりだ。

「ランシュ！」

街道に向かって歩き始めると、ガイジュが家から飛び出してきた。

「ダル様なんて嘘つきだ。もう信じない！　僕が、僕がランシュを助けるから！」

拳を握って大声で叫ぶ。

「あなたのダル様を信じてあげて」

あの時は、ガイジュを納得させるために、ああ言うしかなかったのだ。

「いっぱい毛織物織るから。綿布もいっぱい織るから。だから待ってて。すぐに迎えに行くから、待っててーっ！」

「ガイジュ、無理しちゃダメだからね。身体に気をつけるのよ」

ぽろぽろと涙を零すガイジュにランシュは笑顔で手を振ると、身の周りの品を入れた綿布袋を肩にかけ、街に向かって力強く歩き出した。

日が高くなった頃、王城の城壁をかすめるようにして通り過ぎ、ランシュは街の中心部へ足を踏み入れた。

借金は日が替わるまでに返せばいい。娼館に行って館主と話をつけ、金をラクダ屋まで届けてもらえば、ラクダ屋とのつき合いも終わりだ。あんな思いをしたのだから、トロイは自分を欲しがりはしないだろう。娼館に客としてやってくる可能性もあるが、その時は、股間を蹴り飛ばして使いものにならないようにするつもりだ。

「客にそんなことしたら、館主に怒られてしまうかしら…」

娼館は前払いらしいので、客が館に上がってしまえば館主に損はないし、先のことをくよくよ考えても仕方がない。

荷物を積んだラクダが、後ろからも前からも歩いてくる。

いつもと変わらぬ街の光景を、しばらく見納めね、とじっくり眺め、店先をひやかしながらのんびりと歩いた。

すると、太鼓を乱打する音が大きく響き渡った。

ランシュは思わず王城を振り返った。辺りにいた人々も一瞬足を止め、王城のほうを見ている。

「特別なお使者でも来たのかしら」

ざわめいた人々も、太鼓が鳴りやんでしばらくすると動き始め、またいつもの街の喧騒《けんそう》へと戻っていく。

ランシュは問屋街を抜け、衣料品や食料品を売る店先を覗いて街の喧騒を楽しむと、酒場や娼館が立ち並ぶ繁華街へと向かった。


「遅いぞ！」

クロストムは国王の私室に入るなり、国王からいきなり怒鳴られた。国王の傍にいたマテアムが、耳を塞いで顔をしかめている。

隊員とともに王都へ戻ったクロストムは、城壁の正門が見えてきた辺りで太鼓が激しく打ち鳴らされるのを聞いた。合図に使用されている太鼓だが、あんな乱れ打ちを聞いたのは初めてで、ラクダの足を急がせた。

正門に着くとそこにはマテアムが待っていた。クロストムの顔を見るなり、とにかく早く父上の私室へ、と急かされこうして駆けつけたのだが…。

「湯浴みもせずにまかり越したのですが」

砂塵にまみれた近衛隊の制服を見下ろす。

「帰城は昨日だったはずではないか。いったい何をしていたのだ。いつもは判で押したような行動を取るくせに、こういう時に限って」

クロストムも予定通りに戻れるつもりでいたが、途中でベルムが怪我をしたのだ。

かなりの強行軍だったので、日頃訓練で身体を動かしている近衛隊の隊員と違い、内勤が主のベルムは疲れていたのだろう。情けないことに、ラクダから転げ落ちる失態を演じた。ラクダには不慣れなので、仕方がないことだが、落ちた場所が運悪く渓谷の崖《がけ》付近で、地盤が崩れやすい場所だった。ラクダから落ちた勢いでごろんごろんと崖に向かって転がり、崩れた砂とともに渓谷を滑り落ちてしまったのだ。

だが、強運なベルムは張り出していた岩棚に引っかかり、酷い打ち身と捻挫《ねんざ》だけで済んだ。さらに、不幸中の幸いとでもいうのだろうか、岩棚の陰で、見たことのない植物を二種発見することができた。

救出に時間がかかり、ベルムの身体を気遣いながら帰ってきたので、予定どおりには戻ってこられなかったのだ。

クロストムは王城を目指しつつ、一刻も早く戻らねば、と内心酷く焦っていた。

今日は、ランシュの借金返済の期限だ。

国王に挨拶したらすぐにでも、発見した植物を土産にランシュの村へ行くつもりでいた。

「これといって予定はなかったはずですが…」

「ある！　俺の立場も考えろ。まったく、約束を破ったと嫌われてしまったら、どう責任を取ってくれるのだ」

ひとりぶつぶつと文句を言っている。

「責任を取れと言われましても…。嫌われるとは、誰にですか？」

「そんなことはどうでもいい！」

クロストムは驚いた。こんなふうに一方的に責めるようなことを、普段の国王はしないからだ。

「まあまあ、父上。いきなり怒鳴るのはいかがなものかと」

マテアムが間に入った。

「何をそう苛立っておられるのかわかりませんが、私はこれから出かけなければなりません。申し訳ありませんが、探索の報告も含め、話は戻りましてからゆっくりと…」

国王はおもむろに懐から取り出したものを、テーブルの上に置いた。

それを見たクロストムは目を見張った。ランシュに渡した指輪だったからだ。

「なぜ父上がそれを」

「あれを見よ」

国王が指さすほう、部屋の窓辺には日除けの綿布に隠れるようにして、花の鉢植えがひとつあった。

クロストムがゆっくりと鉢植えに近づいていくと、伝言がある、と国王は言った。

「ランシュは約束を守ったと」

クロストムは国王を振り返った。

「ランシュとは誰のことですか？」

「お前は口を挟むな、マテアム」

国王とクロストムから同時に叱られ、マテアムは肩を竦めた。

「では、これはランシュが育てた花」

綻《ほころ》び始めた赤い蕾は、明日には開きそうだ。絶対に咲かせてみせると誓ったとおり、ランシュは見事に花を育てたのだ。

「ランシュは、やり遂げたのか」

歓喜がクロストムを包んだ。自分のことのように嬉しかった。今すぐにでもランシュのしなやかな身体を抱きしめたくて、いてもたってもいられなくなる。

「父上がなぜ、ランシュを知っているのかはお聞きしません。失礼します」

クロストムはテーブルの上の指輪を摑むと、踵《きびす》を返した。足早に立ち去ろうとしたクロストムに、国王は声をかけた。

「村へ行っても、ランシュはいない」

「どういうことですか？」

花が咲いたから、街に売りに来ているのだろうか。花がここにあるのは、その足で、王城に届けに来たからなのか。

「実は…」

国王から聞かされた話は、あまりに酷かった。

「その男を見過ごされたのですか！」

怒りを抑えようと、手の中の指輪を握りしめる。

「すまない。逃げた後に、その男が何をしたかを知ったのだ。近衛兵に男を捜させてもよかったが、私が直接現場を見たわけではない。白を切られてしまったらどうにもならん」

話を聞いて、クロストムは唸った。

「一本だけ残った花を買い取ろうとしたのだが、断られた。それはお前に贈りたいからと」

「ランシュは私がダイル・クロストムだと…」

「知っている」

ランシュは怒っているだろう。

「…そうですか。それで、借金は父上が上手く取り計らってくださったのでしょうね」

「いや、真っ先に断られた。頑固な娘だ」

そうだ。ランシュはそういう娘だ。

強い意志を秘めた、青みがかった紫色の瞳が浮かぶ。

「外見は似ているのに中身はまるっきり違う。恐ろしいほど気が強い娘だ。だいたい、お前が昨日帰ってくると思っていたから、俺はなんとかなると約束したのに…」

国王は苦虫を嚙み潰したような顔でぼやいた。

「何を約束なさったのですか？」

「お前が帰ってくれれば借金返済の手立てを考えるだろうし、なんとかなると思ったのだ。ランシュは今日、娼館へ行くと言っていた。朝のうちに家を出たならば、もう街に着いているかもしれん」

「止めなかったのですか！」

クロストムは慌てた。こんなところでのんびり話をしている場合ではない。

「俺が止めても、あの娘は素直にうんとは言うまい」

ランシュは頑固だから…。

「わかりました。ところで、私との約束は守っていただけましたか？」

「お前との約束？」

「城を一歩も出ないこと…」

「う、それは…」

国王は視線を泳がせた。

マテアムは、国王とクロストムを交互に見ながら、楽しそうな顔で事の成り行きを見守っている。

「それについては、何も申しません。父上のお忍びも、たまには成果があるのだとわかりましたから」

「よかったですね、父上。兄上に褒められましたよ」

「うるさいぞ。お前はいちいちいらんことを言うな」

国王に邪険にされたマテアムは、頰を膨らませた。

「私はこれから王子という立場を行使します。さらに、我が近衛一番隊を、私情によって動かします」

「兄上がそんなことをおっしゃるなんて」

マテアムが驚くのも無理もない。

絶対的な立場のものが下々に力を行使することを、クロストムは最も忌み嫌っていたからだ。

『王子とは、国王とは、民のため、国のために生きるもののことを言うのだ。民あっての国、国あっての国王なのだから』

マテアムはクロストムから幾度となく聞かされてきたから、そんなことを自ら宣言するとは思わなかったのだろう。

「許す。存分に使え」

国王はにやりと笑った。

「シンガとの話は断ってください」

クロストムは言い捨て、国王の返事を待たずに私室を飛び出した。

待っていろ、ランシュ。


「ここが一番大きな娼館」

繁華街でひときわ目立つ、木材を多用した朱色の大きな建物を、ランシュは口を開けて見上げた。

酒場や娼館が立ち並ぶこの通りに入ったのは初めてだった。日中は静かな佇まいだが、これが夜になると、仕事を終えた男たちがひしめき合う賑やかな通りになる。娼館にはランプが煌々と点され、朱色の建物はさらに華やかに映るのだろう。

裏口がよくわからないので、ランシュは表門から入ることにした。

大きく息を吐いて、いざ踏み出そうとする。だが、足が動いてくれない。覚悟を決めてきたはずなのに、やはり臆してしまう。

右手が無意識に胸元を探っていた。

「もう一度だけ会いたかったけど…。ガイジュのダル様は花を届けてくださったかしら」

指輪はもうない。ランシュはぎゅっと服を摑んだ。

「さあ、ランシュ。行くのよ」

叱咤して、石畳を前に進んだ。

間口の広い玄関には、大きな日除けの綿布が垂れ下がっていた。綿布を捲りながら、ランシュは訪《おとな》いを入れた。

「こんにち…、ああーっ！」

ランシュは叫んだ。

上《あ》がり框《かまち》に敷かれた厚みのある毛織物の上に、トロイがどっかりと胡坐《あぐら》をかいて座っていたのだ。傍には、五人の若い屈強な男たちがつき従っている。

「待ってたぞ、ランシュ。やっぱりこの店に来たな、思ったとおりだ」

トロイはにやりと笑った。

客として来るかもしれないとは考えていたが、待ち構えているとは思いもしなかった。

「なんでいるの、太っちょ！」

ランシュはトロイを指差して叫んだ。

太っちょ、と聞いて、五人のうち二人が、ぷっと噴き出した。

「誰だ、笑ったのは」

トロイはギロリと男たちを睨む。

「すんません、ぼっちゃん」

噴き出した二人はぺこぺこしながら謝った。ぼっちゃんと呼ぶからには、ラクダ屋の荷運び人なのだろう。

「謝る必要なんてないわよ。だって、太っちょなんだもの。昼日中から娼館にいるなんて、相変わらず働いていないのね」

待ち構えているなんて嫌な予感がするけれど、びくついたりおどおどしたりすればトロイを喜ばせるだけだ。ランシュは気丈に振る舞った。

「娼館に来ることはわかってたぞ。だが、お前はどこの店に行っても、買ってもらえないからな」

街の娼館すべてに触れを出して、ランシュを雇い入れないようにしたのだ。金貸しの店も同様のようで、ふふん、とトロイは笑った。

「つまり、俺のところに来るしかないってことだ」

「卑怯者《ひきょうもの》！」

「ラクダ屋の力を思い知ったか」

ランシュはトロイを睨みつけた。

「ラクダ屋が大きな店なのは、あんたの先祖やお父さん、お兄さんの力じゃない。引き連れてきたこの人たちの賃金だって、結局はお父さんのお金でしょ」

「なんとでも言うがいいさ。もう逃げられないぞ。俺を刺し殺そうとしたんだ。その報いはこれからたーっぷり受けてもらうからな」

「どうするつもり」

ランシュは腰の短剣を摑んだ。

「俺が持っている隠れ家に連れ込んで、外に出られないようにして一生かわいがってやる」

そんな…。ダル様！

捕まったら二度と会えない。ガイジュと暮らすことも、丹精込めてきた綿花やカランに触れることもできなくなるのだ。

「私がいなくなったら、ガイジュが探しに来るんだから」

「ああ、ガイジュかぁ。あれはかわいいから、いい声で鳴きそうだ。お前と一緒に飼って、交互に楽しむか」

「そんなことさせないわ。あんたの股間に生えてるちっちゃな突起を、摘まんで引っこ抜いてやる！」

ランシュが叫ぶと、トロイは真っ赤になった。男たちが笑いをこらえているので、本当に小さいのだろう。

「男を知らない生娘のくせに、口だけは達者だ。俺の下でひぃひぃ言わせてやるからな」

下卑た笑いを浮かべる。

「生娘だなんて、私言ったことないけど」

「なんだと。まさか、他の男に脚を開いたのか、このアバズレ！」

「誰がアバズレですって！　大好きな人に捧げたのよ。私の身も心も、あの人だけのものなんだから！」

私はダル様のものなんだから。

「人が下手に出ていればいい気になりやがって。捕まえろ」

男たちが立ち上がった。

「捕まるもんですかっ！　今度こそ、あんたのお腹の空気を抜いてやる！」

怖くて身体が震える。それでも、ランシュは負けまいと身構え、腰の短剣を抜いた。

取り囲もうとしていた男たちの足が、一瞬止まる。

「困りますよトロイさん。店先で騒ぎを起こされちゃ、商売に差し障る」

初老の男が、奥でおろおろしている。騒ぎを気にして出てきた館主だろう。

「うるさいぞ。金はたっぷり払ってやっただろう、引っ込んでろ。それ、早くしろ！」

男たちがロープを手に、捕まえようと迫ってきた。

「近寄らないで！　刺すわよ！」

短剣を振り回したが、五人もの屈強な男相手では到底かなわない。荷運び人の男たちは荒事に慣れているようで、ランシュからあっさり短剣を奪い取ると、後ろ手に縛り上げて猿《さる》轡《ぐつわ》を嚙ませた。

玄関の土間に転がされたランシュの前にトロイがしゃがみ込み、だらだらと汗が流れる顔を近づけて、ふひひ、と笑った。

「お前から縋りついてくるように、媚薬《びやく》をたっぷり使ってやるからな。そうだ、ここで少し楽しませてもらおうか。おい、上の部屋に運べ」

ランシュの二の腕を左右から男たちが摑んだ。

絶対に嫌。トロイとなんて、いや！　なんとかしなきゃ。でも、どうすれば…。

部屋に連れ込まれたらお終いだ。だが、五人もの男に取り囲まれていては、抵抗しても逃げる術《すべ》はない。

ダル様！

ランシュが声にならない声で叫んだ時、日除けの綿布が突風に煽られたように勢いよく跳ね上がり、土間に黒い塊が飛び込んできた。

その場にいた全員、何が起こったのかわからなかった。

気づいたら、ランシュの腕を摑んでいた男たちが土間に崩れ落ち、呻《うめ》き声を上げていた。

ランシュは尻餅《しりもち》をついたまま黒い塊を仰ぎ見て、大きく目を見開いた。

まさか、そんなはずないわ。だって、こんなに都合よく助けに来てくれるはずないもの。

夢かしら…。

そこには、剣を手にしたクロストムが立っていた。

「ひっ、人殺しーっ！」

館主が悲鳴を上げた。

「騒ぐな。剣は刃引きだ、殺してはおらん」

クロストムは館主に冷ややかな声で言った。

ダル様が来てくれたの？　私を助けに来てくれたの？

男たちはクロストムの剣技の凄さに戦《おのの》き、ランシュから飛びのくように離れたが、トロイは自分の剣を抜くと、剣先をランシュの背中に突きつけた。

「おい、なんだお前は。うちの人足に怪我をさせたな」

トロイが樽のような身体を揺すって顔を歪めると、クロストムは汚いものを見るように目を細めた。

「治療代を払ってもらうからな。その制服は近衛兵か。街の巡回が仕事のくせに、俺を知らないのか？　俺はラクダ屋のトロイだぞ。剣を向けていい相手じゃないんだぞ！」

トロイの言い草にランシュは呆れた。あまりに身の程知らずだ。

「ふん、それも小汚い下っ端じゃないか」

さらに、トロイは上から下までジロジロとクロストムを見て鼻で笑った。

クロストム様に向かって、小汚いって…。

だが、よく見れば、確かにクロストムは酷く汚れていた。

光沢があるはずの濃紺の制服は砂塵に塗れて白っぽくなり、所々綻びができているし、髪も艶がなくぱさついている。

ダル様ったら、あんなにいい生地を破ってしまうなんて。

ついさっきまで怖くて震えていたランシュだったが、クロストムの顔を見たら恐怖はどこかへ飛んでいってしまった。トロイが背中に突きつけている剣先よりも、制服の汚れが気になってしまう。

「ラクダ屋は、娘を誘拐するのが仕事と見える」

「誘拐だって？　俺を罪人呼ばわりするのか。こいつが借金を返さないからだ。近衛兵だからっていい気になるなよ。知り合いの役人に訴えれば、お前が処分されるんだからな」

それを聞いたクロストムが、声を上げて笑った。しかし、目はまったく笑っていない。

「ほう、私を処分できる役人がいるのか。ぜひとも会いたいものだ」

「下っ端ごときが、吠え面かくなよ！」

トロイは懇意にしている役人を呼んでくるよう、右側にいた男に言いつけた。男はクロストムを避けるようにして玄関に向かい、日除けの綿布をめくって外に出ようとした。だが、身を屈めたままの姿勢で一向に動かない。

「何してるんだ。早く行け！」

怒鳴られても、男の足は前に進むどころか、逆にじりじりと後退りしている。

日除けの綿布が、じゃっ、という音とともに真横に切り裂かれた。

男が綿布にまとわりつかれながら倒れると、土間に強い日差しが差し込んできて、娼館の玄関から門までの狭い石畳を埋め尽くすほどひしめき合っている、大勢の近衛兵が見えた。

「隊長、我々近衛一番隊の出番はまだでしょうかー?」

ひとりの隊員が剣を収めながら、のんびりした口調で問いかける。この隊員の制服は、クロストム以上に汚れていた。

「い、一番隊…」

日除けの綿布に絡まってもがいていた男が震える声で言い、クロストムを仰ぎ見る。

ウラドノール近衛連隊の一番隊隊長が誰なのか、ウラドノールの国民で知らないものはいない。

「クロストム王子!」

トロイが驚愕の表情で叫んだ。

「借金はすでに返済した。ランシュはもう自由の身だ。それに、返済期限は今日いっぱいのはずだ。まだ返済期限内だということを、お前はわかってやっているのだろうな」

トロイはがたがたと震え始め、つき従っていた五人の男たちも顔色を失う。

「言っておくが、私に袖の下は使えんぞ」

クロストムの指示で、トロイたちは隊員たちに縄を打たれ、次々に引き立てられた。

その間に、日除けの綿布を切り裂いた隊員が、ランシュのロープや猿轡を外してくれた。

「ランシュ様ですね。一番隊副隊長のアデンと申します。お見知りおきを」

「助けてくださってありがとうございます」

いえいえ、とアデンが照れ笑いすると、お前は何もしていないだろう、とクロストムが不平を言って、ランシュに手を差し伸べた。

「相変わらずのじゃじゃ馬だな。男の一物をちっちゃいと言うのは、あまり感心しないぞ」

クロストムを見上げたランシュの瞳にみるみる涙が溜まる。

「ダル様のバカ！　聞いていたなら、もっと早くに助けてくれてもいいじゃない！」

ランシュは差し出された手を叩いて、ぷうっと頬を膨らませた。

怖かったのだ。もうダメだと諦めたのだ。

「そう怒るな。出てきたところを取り押さえるつもりだったのだ。まぁ、ランシュの啖呵《たんか》に聞き惚《ほ》れていたのもあるが」

「なっ、あ、じゃあ、全部…」

聞かれてた。全部聞かれてたーっ！

クロストムは耳まで真っ赤になったランシュを抱き上げ、涙が伝った膨れた頬に口づけた。

おおーっ、とどよめきが起こった。隊員たち全員が、両目と口をまん丸くしている。

「下ろして」

頼んでも怒っても、クロストムは笑みを浮かべているだけ。

必死になるのがバカらしくなり、ランシュは怒りながら泣き笑いになった。

のちにアデンが話してくれたのだが…。

『隊長はお優しい方ですが、あまり表に出されません。女性に対してもなんといいますか、堅いというか、微笑んだりもしないのです。だから、あんなふうにからかうようなことを言ったり、ましてや人前で口づけたり笑ったりされるとは思ってもみなかったことでして…』

隊員一同、非常に驚いたらしい。

「隊長、その方がランシュ様ですか？」

興味津々でランシュを見ている。

「綺麗な人だぞ。瞳が紫色だ」

「俺にも見せてくれ」

お前の頭が邪魔だ、とか、後ろのヤツは押すんじゃない、などと、大勢の隊員が狭い場所で押し合いへし合いしだした。

「四、五人連れてこいと言ったはずだが…」

「それが、隊長の一大事だと言ったところ、いつの間にかこうなってました。こらぁ、お前たち。びしっとしないと、隊長に怒鳴られるぞ」

アデンが隊員たちに整列するよう号令をかける。

ランシュは娼館から連れ出されると、クロストムに強引に馬に乗せられた。

「私は帰れないわ。ここでは雇ってもらえそうもないから、他の店に行かないと」

「借金は返したと言っただろう」

「ダメよ！　今度はダル様に返さなきゃ」

クロストムの言葉を聞かず、ランシュは馬の背からひらりと飛び降りた。

「隊長に言い返した」

「馬から軽々と飛び降りたぞ」

隊員たちが、ランシュに驚きの眼差しを向けた。

「頼むから、話を聞いてくれ」

クロストムが困り顔で乞う。部下の前で恥をかかせてしまったようだ。

ランシュは意地を張るのをやめ、立て替えてくれたことへの礼を言った。

「礼などいらぬ。ラクダ屋に支払った金は、お前の花を買った代金だ」

「花を見たの？」

ガイジュのダル様が、約束を守ってくれたのね。

「明日には咲くだろう」

見事にやり遂げたな、とクロストムが笑った。

ダル様が笑ってくれた。私を褒めてくれたわ。

今度は嬉しくて涙が零れそうになり、袖口で目元を擦った。

隊員たちが道を作るようにして両脇に整列している。

ランシュは隊員たちを見回した。

「皆さん、助けに来てくださってありがとうございました」

ぺこりと頭を下げてにっこり微笑むと、整列した隊員たちの顔が赤くなった。


岩山をくり抜いて造られているウラドノールの王城は、他国と比べると地味で質素な城だそうだが、ランシュにとっては、金や宝石、香特産の絹織物や貴重な木材がふんだんに用いられた華麗な城だった。

随所に開けられた小さな明かり取りの窓には装飾が施され、等間隔で据えられたランプも金や宝石が飾られた美しいものだ。

クロストムに手を引かれ、ランシュは王城の奥へと進んだ。

すぐ家に帰るつもりだったが、クロストムに懇願されたのだ。

王城の中に入る機会は一生に一度あるかないかだ。物珍しそうにきょろきょろしながら歩いていると、クロストムの私室に向かうまでの間にすれ違った人たちは皆、クロストムの後ろにいるランシュを見てギョッとした顔をした。

私、そんなにみっともないのかしら…。

奇異な目で見られることが居たたまれず、途中、カチーフを深々と下ろして顔を隠した。

今日くらい女ものの服を着ていればよかった、とちょっぴり後悔する。

なんだか居心地が悪いわ。家に帰ればよかった。

クロストムに危ないところを助けてもらい、会えた喜びがどんどん萎《しぼ》んでいく。

私室に入ると、ランシュはほっとした。

「疲れたのか？」

うち沈んだランシュに、クロストムは問うた。

いつものランシュなら、王城の中を興味津々で歩き回ると思っていたのだろう。

「大丈夫。制服、どうし…、どうなさったのですか？」

「急に話し方を変えるな」

落ち着いてくると、王子に対して、態度や物言いが失礼だったと思えてきたのだ。

「ダル様は、いいえ、クロストム様は王子様だから」

「気にする必要はない。これまでと変わらずにいてくれ。ランシュにたくさん聞いてほしいことがあるのだ。土産もある。だが…、確かに酷い格好だ。身体を洗って着替えてくる」

くつろいで待っていろ、とクロストムは部屋を出ていった。

クロストムの私室は広々としていたが、無駄な飾りものは一切なく、クロストムそのものを表しているようだった。華美ではないが、置かれているものはどれも高価なようだ。木製の机と椅子は、精緻《せいち》な寄木細工がはめ込まれているのでスゥエッテン製だろう。ランシュが座っているソファーも、柔らかい毛織物が張られた座り心地のよいもので、土台は蔓を編んで作られたシンガ製のものではないだろうか。

床に敷かれた絨毯《じゆうたん》も…、と足で踏みしめ肉厚な感触を確かめていると、扉が叩かれた。返事をすると開き、三人の女性が入ってくる。

「まぁ、女なのにガドラを着ているわ」

ひとりが小声で言うのが聞こえ、ランシュは顔を赤くしてカチーフを深く被った。

「湯殿へ参ります。ついてきなさい」

「湯殿？　ここで待つようにと言われたのですが」

クロストムはすぐに戻ってくると言ったのだ。

「そんな汚い形でいるつもりですか」

これでも一番綺麗なのを着てるんだけど。

ガドラを見下ろしていると三人の女官に詰め寄られ、ランシュはたじたじとなった。

「早く来なさい」

有無を言わさない口調に、クロストムの指示なのかもしれない、とランシュは素直に従うことにした。

私室を出ると、扉の両脇には年若い近衛兵が二人立っていて、中から出できたランシュを不思議そうに見た。助けに来てくれた隊員の中に見た顔だったので、ランシュは軽く会釈をし、早くと急かす女官に連れられて湯殿へと向かった。

だが、すぐに失敗した、と後悔する。

「脱げって、ここで?」

くねくねした長い廊下を延々歩いてたどり着いた湯殿は、広々としていて、たくさんの水を湛《たた》えた泳げるほど大きな浴槽がふたつあり、白い綿布が敷かれた寝台もあった。

満ちている空気は湿気が多く、甘い香りがする。香皇国の花の香油の香りだろう。

自分で身体を洗うのかと思ったら、服を脱ぐように言われた。裸になれと言うのだ。

「急ぎ支度をしなければなりません。さあ!」

「嫌です。自分で洗います」

「クロストム様のお情けを受けるものが、何を言うのです」

「お、お情け?」

ああ…そうね。ダル様は王子様ですもの。婚約者もいらっしゃるのだったわ。

王子自らが助けに来てくれたのは特別なことで、本来なら、親しく口をきくことすらできない相手なのだ。

ダル様と直接会えるのは、これが最後かもしれないわ。

ならば、クロストムが快楽を得るためだけでもいい。ランシュはもう一度クロストムに愛されたかった。思い出をひとつでも多く持ち帰りたかったのだ。

人前で裸になるのは大きな抵抗がある。そこまでしなければならないのか、と悩んだ。

私だって、自尊心はあるのよ。

「自分で洗いますから」

「バカなことを言っていないで、早くなさい」

三人の女官はランシュに迫ってくる。

相手はたおやかな女官だ。手荒なことはしたくないし、王城で暴れるわけにもいかない。逃げるにしても外に出られるかどうか。王城内は広くて迷路のようになっている。

どうしよう……。

女官に詰め寄られて逃げ場のなくなったランシュは、服を着たまま大きな浴槽に飛び込んだ。

「あつーい！」

水かと思ったら、中はお湯だった。

ウラドノールは気温も高くて年がら年中暑いので、民は水浴びが当たり前。ランシュもお湯に浸かるのは初めてで、これまたとんでもなく熱い湯だったのだ。

「何をしているのです。出てきなさい！」

「あなたたちが出ていってくれたらきちんと洗うから。お願い、ここから出ていって」

「なりません」

頼んでも、三人の女官は浴槽の縁に立っている。中まで入って捕まえようとしないのは、身につけている服を濡らしたくないのだろう。

ランシュは女官から離れるべく、浴槽の奥まで進んだ。ガドラが身体にまとわりついて、動くのに難儀する。奥のほうは次第に深くなっていて、お湯は胸元まで達した。

厳しい口調で出てくるように言っていた女官たちも、埒《らち》が明かないと思ったのか、次第に宥めるような言い回しに変えてきた。

彼女たちも仕事なのだ。自分の我儘につき合わせて申し訳ないと思うけれど、ランシュも引くに引けなくなっていた。

こうなったら、向こうが諦めてくれるまで我慢比べだわ。

テコでも動くものかと意気込んだが、お湯に浸かってじっとしていると、次第にぼーっとしてくる。

うう…、熱い。なんて熱いの。

炎天下で畑仕事をしているほうがよっぽどましだった。

こんなに熱いお湯をたくさん沸かすなんて、無駄よね。

湯殿に充満している甘ったるい花の香油の香りがねっとりとまとわりつき、息苦しくて気持ち悪くなってくる。早く出ないと気を失いそうだ。

「なんて強情な。こんな娘は初めてだわ」

女官の言葉にランシュは衝撃を受けた。

王子様なんだもの。そういう相手がいるのは当然よね。

自分が特別だとは思っていないけれど、現実を突きつけられるとやはり悲しい。

ガイジュも心配しているわ、帰ろう。

くらくらしてきた頭で帰る方法を考えていると、

「クロストム様も、なんて変な娘を連れてこられたのか」

「マテアム様と違って、お好みが特別なのかしら」

などと、聞き捨てならないことを言い出した。

「ちょっと、その言い方はないでしょ。私のことはかまわないけど、クロストム様をバカにするようなことを言うのはやめて！」

カッとなって叫ぶと、ふうっと目の前が暗くなった。

ランシュと呼ぶクロストムの声が聞こえた気がしたけれど、そこで、ランシュの意識は途絶えた。

目を開けると、心配そうなクロストムの顔が間近にあった。

「気がついたか。気分は悪くないか？」

ランシュは湯殿の寝台に横たわっていた。気を失っていたようだ。

クロストムがランシュの額に水で濡らした綿布を当ててくれる。

「冷たくて気持ちいい」

「ランシュ様、申し訳ございません」

近くに控えていた三人の女官が、ランシュに向かって一斉に平伏した。

「え？　なに？」

びっくりしたランシュは起き上がろうとすると、クロストムに止められた。

「お許しください、ランシュ様」

クロストムに叱責されたのか、必死に頭を下げる。

「そんなことしないで立ってください。私は大丈夫だから。ダル様からも言って」

「ランシュがこう言っている。もうよい。ランシュ、すまなかった。まさかこんなことになっていようとは」

女官から冷たい水の入った器を差し出されたランシュは、クロストムに支えられて上体を少し起こし、一気に飲み干した。

「ふうっ、美味しい。ありがとう。もう一杯いただけますか？」

「はい、ランシュ様」

「あの…、そのランシュ様っていうのやめてくださいい。背中がぞくぞくするんです」

クロストムが押し殺したように笑っている。

「笑わないで。こんなことになったのも、ダル様がこの人たちに言ったからでしょ」

「それは違うぞ」

私室の警備をしている近衛兵が伝えに来るまで、クロストムは知らなかった。

「慌てて来たのだ」

言われてみれば、髪も濡れたままで束ねられてもいない。

紺色の制服から一転、クロストムは目の覚めるような真っ青な色のガドラを着ていた。襟元や袖口には、赤と紺色の糸で細かな刺繍《ししゅう》が施されている。

「私はこの湯殿が使われていることすら、今まで知らなかった」

ここは、王子の愛妾が使う棟の湯殿だった。クロストムもマテアムも愛妾を持っていない。本来なら使われるはずのない湯殿だが、マテアムが連れ込んだ女性にこっそり使わせていたようだ。いつ女性が来るかわからないので、毎日湯を沸かしているのだという。

「なんてもったいない！」

「私も思った。すぐにやめさせよう。それにしても、ランシュはどうしてお湯の入ったほうに飛び込んだのだ？」

もうひとつの浴槽は水が張ってあると教えられ、ランシュはあんぐりと口を開けた。

熱い湯に浸かって汗をかき、上がって身体を磨き、今度は冷たい水に入って肌を引き締める、ということを繰り返し、肌を美しくするらしい。

女官たちがランシュに厳しく接したのは、王城に連れてこられると皆、妃になれると勘違いするからだという。

「クロストム様が女性を王城にお連れになったのは初めてでございまして、その…」

マテアムが連れてくる女性と同じように接してしまったようだ。

「それじゃあ、ダル様が女の人を連れてきたことは」

と聞くと、クロストムは非常に不機嫌な顔になった。

「だって、王子様ってそういうものかなって…」

「男相手に剣を振り回すくせに、女官相手にランシュが逃げるとはな」

クロストムはちょっぴり嫌みを利かせて返してくる。

「今ここでそんなこと言わなくてもいいでしょ」

ランシュが怒ってクロストムに拳をぶつけると、クロストムはクスッと笑った。

二人のやり取りに、三人の女官は目を白黒させている。

「私が暴れて皆さん怪我でもしたら大変じゃない。ほっそりしているし、三人いても、腕力で私に勝てるわけがないもの。だから…」

逃げるしかなかったのだ。

「ランシュ様、御髪《おぐし》を整えてもよろしいでしょうか」

「おぐしって、髪？」

「お肌には花の香油で艶を」

「いいです、いいです、そんなことしなくてもいいです。髪はぼさぼさだし、肌は日焼けしていて他人様に見せられるようなものではないので」

「何をおっしゃいます。金茶色の御髪は光り輝いています」

「お肌も本当に白くて美しくて」

三人の女官はうっとりとランシュを見つめ、褒めたたえる。

結構です、と女官を押し留めるのに両手を突き出すと、かけてあった綿布が胸元からずり落ち、乳房が露わになった。

「きゃっ！」

ランシュは慌てて綿布で胸元を隠したが、自分が裸だと気づいてぷるぷる震えた。

「みっ…、見たんですねーっ！」

ランシュが叫ぶと、クロストムの大笑いが湯殿に響き渡った。腹を抱えて笑うクロストムを、三人の女官は驚愕の表情で見ている。

「笑うなんて酷い。ダル様も見たのね！」

「そう怒るな。ランシュにはかまわなくてよい。磨かなくても美しいのはわかっただろう」

三人の女官は目を見開いたまま、こくこくと頷く。

「もうっ、からかわないでって言ってるのに」

「からかってなどいない。真《まこと》のことだ。顔の火照りもだいぶ引いたようだな」

クロストムは湯殿の入り口まで行って外にいる誰かと話し、すぐに戻ってきた。手には幾何学模様の大きな毛織物を持っている。それでランシュを包むと抱き上げた。

「ダル様、自分で歩けるから何か着るものを貸してほしいんだけど」

「無理をするな。それに、ぐずぐず着替えなどしていると、女官に身体を磨かれるぞ」

小声で脅され、ランシュはクロストムにしがみついた。

女官のひとりが、ランシュの濡れたガドラの入ったカゴを手にしている。

「私の服、後で取りに来るので捨てないで。干しておいてくれると嬉しいんだけど…」

「整えて、お届けいたします」

三人の女官はクロストムではなく、ランシュに向かって恭しく膝を折った。

湯殿の扉が開かれると、外にはクロストムの私室を警備していた近衛兵が待っていた。彼らがクロストムを呼んできてくれたのだろう。

抱きかかえられている姿を見られるのは恥ずかしい。綿布と毛織物で包まれていても、その下は裸だ。

だが、すでに今日一日で大勢の人に変なところばかり見られている。湯当たりの疲れもあって、クロストムの腕の中でおとなしくしていた。

「隊長、ガドラが濡れております。着替えられたほうが…」

クロストムが湯殿に入って助けてくれたのだとランシュは知った。青い色は濡れても変色して見えないので、気づかなかった。

「私のことはいいから、早く着替えて」

「かまわん。ほうっておいても乾く。どうせすぐ脱ぐのだ」

ランシュを見つめてクロストムが言う。

「し、失礼いたしました！」

年若い二人の近衛兵はしゃっちょこばって顔を赤らめ、ランシュはそれ以上に赤くなって幾何学模様の中に顔を埋めた。


「話があるって、お土産があるって言ってたのに」

私室の奥の寝室で寝台に押し倒されたランシュは、綿布を剝ぎ取ろうとするクロストムと綿布の引っ張り合いをしながら、身体を隠そうと必死に抗った。

「話したいことはたくさんあるが、それは後でゆっくりと」

「まだ日も高いわ」

「日の光の下で、ランシュのすべてを見たい。私に見せてくれ」

「ダメよ、ダル様っ！」

ぐいっと強引に綿布を引っ張り、ランシュは綿布で自分の身体を覆った。

「今さらだが、ダルと呼ぶのはやめてくれ」

クロストムは苦笑いする。

「花を届けてくださったあの方が、本物のダル様なのね。あの方にもお礼を言わないと。王城にいらっしゃるの？　近衛隊の方？」

クルクの民のように、頭から綿布で裸体をすっぽり覆ったランシュは、身を乗り出して聞いた。

「いずれ会わせよう」

「ガイジュと親しくしてくださっているの。ガイジュが街に行くと、よく出会うって言っていたから」

それを聞いたクロストムは、むっつりとした顔で考え込んだ。

「クロストム様？」

どうしたのだろうと顔を覗き込むと、なんでもない、とランシュの唇を啄む。

「クロスと呼んでくれ」

クロス様と呼ぶと、クロストムが嬉しそうな顔をした。

「さあ、私にすべてを見せてくれ」

「明るい時はダメ。私は綺麗じゃないの。ガイジュのほうが綺麗なのよ」

「私の言うことを信じろと言うのに。お前は自分の価値をまったくわかっていないのだな。

ランシュは美しい」

ランシュはクロストムの顔をぽかんと見上げた。

本当に？　と言いそうになり言葉を呑み込む。

畑仕事をして日焼けした自分が、美しいとは思えないのだ。

「婚約者の方のほうが、きっと美しいわ」

クロストムはうんざりした顔で、そんなものはいない、と答えた。

「あれは、マテアムの話に合わせて出てきた単なる噂だ。いもしない婚約者や、お前の弟のことなどどうでもいい。私が愛しているのは、ランシュなのだから」

真剣な表情で、愛している、とクロストムは繰り返した。

ランシュは息が詰まりそうだった。

「本当に…？」

無意識に問うていた。

「筋金入りの頑固さだな」

クロストムが目を細めて溜息をつくので、ランシュは問うたことを後悔した。呆れてしまったのね。だって、だって、信じられないんだもの。本物の王子様が、私を愛しているなんて。

「愛している、美しい私のランシュ。柔らかな金茶色の髪や紫色の瞳、豊かな胸や滑らかな白い肌も。ガドラを着て畑仕事をして、頑固で一途《いちず》で一生懸命で。弟思いで剣を振り回すじゃじゃ馬で、私を怒鳴るところも。あげるとキリはないが、お前のすべてを愛している」

クロストムの告白を聞いていたランシュの頰を、つーっと一筋の涙が伝っていった。クロストムが愛おしげにランシュの金茶色の髪を撫でる。

「どうしよう、クロス様は王子様なのに…。私…クロス様が好き。大好き。クロス様じゃなきゃ、他の人じゃ嫌なの！」

涙腺《るいせん》が壊れてしまったかのように、ランシュはぽろぽろと涙を流した。

「いつもは泣かないのに、クロス様の前では泣いてばっかり。いやんなっちゃう」

と唇を尖らせると、その唇を尖らせるのもかわいい、とクロストムが唇を啄んだ。

「私は、お前といると笑ってばかりだ」

二人は見つめ合い、笑い合うと、固く抱き合った。

「ランシュ、お前のすべてが欲しい」

クロストムが耳元で甘く囁く。

ランシュは握りしめていた綿布を、おずおずと放した。

寝台の上で横たわったランシュの白い裸体が、日の光に照らされて輝いた。

「恥ずかしい…」

クロストムの熱い視線が、晒した肌の上を舐めるように這っていく。まるで、視線で犯されているようだ。

ランシュが目を瞑り、息を大きく吸って吐いて胸を上下させると、クロストムの指が、豊かな乳房の膨らみを確かめるように肌の上を滑った。

それだけで、ぞくりと快感が走った。あの場所がむずむずしてくる。指や舌で愛撫される快感を思い出すと、身体の深部が疼き始め、期待で胸が高鳴ってしまうのだ。

クロストムの愛撫を待ち望むように、乳房が張り詰めて乳首が尖った。けれど、クロストムの指はそれを無視して、さらに肌の上を走り、腰から下肢の叢へ、そして太腿の内側まで流れ落ちていく。

膝を擦り合わせてもじもじしたくなり、ランシュは小さく息を吐いた。

クロストムの指が、叢の奥を弄った。

「あっ」

「もうこんなになっているのか？」

ほんの少し肌を撫でただけなのに、クロストムの指が蜜でべっとり濡れていた。

「うそっ、私、どうしてしまったの？」

ランシュは自分の身体の変化に戸惑った。

「感じやすくて、淫らな身体だ」

「淫らなんて言わないで！」

ランシュは恥ずかしさに身を縮めた。自分の身体がこんなふうになってしまうなどとは思いもしなかったのだ。

「どうして恥ずかしがる。私はお前の裸を見ただけでこうなっているというのに」

クロストムがのしかかりつつ、ランシュの手を自分の下肢へと導いた。

「あ…」

クロストムの分身が昂っているのが、ガドラ越しにわかる。手をあてがうと、さらに硬く大きくなった。まるで、そこに不思議な生き物がいるようだ。

「私のほうが淫らだろう」

クロストムの分身が大きくなればなるほど自分が辛くなるのに、そんなことはすっかり忘れ、ランシュは無邪気に昂りを撫でてみる。クロストムが息を詰めた。

「私のこれで早く突いて欲しいのだな」

クロストムはガドラを脱ぎ捨てて裸になると、ランシュの腹上に跨った。

分身が天を突くように怒張している。

「触りたければ、触るがいい。さあ」

「そんなこと言われても…」

以前、これであの場所を散々かき混ぜられたけれど、触れはしなかったし、庭園で見たのは夜中でランプの小さな明かりが頼りだった。日の光の下でこうもあからさまだと、目のやり場に困ってしまう。

おろおろしながらクロストムの顔を見上げると、クロストムは楽しそうな顔で見下ろしていた。まるで悪戯を仕掛けて、その後どうなるかを窺っているような顔だ。

「クロス様の意地悪！」

ランシュはふくれっ面になったが、クロストムの昂りの先端から、蜜が滲《にじ》み出ているのに気づいた。日の光が当たって、先端がきらりと光っているのだ。

クロス様のから、雫《しずく》が。

思わず右手を伸ばし、雫に指先で触れていた。

「うっ…」

クロストムが呻き、新たな雫がとろりと出てくる。クロストムを見上げると、眉間に皺を寄せて口を引き結んでいた。

興味津々で雫の出てくる先端をひとさし指でくるくるなぞると、クロストムの下腹が、痙攣するようにひくひくして、じわじわ雫が滲んでくる。

すくわないと、と今度は左の腕を伸ばすと手首を掴まれた。

「もうよい。お前はいつでも、私の予想をはるかに超えることをするのだった」

私が悪かった、とクロストムが溜息交じりに謝る。

私って、やっぱり変なのかしら…。

困惑していると、そんなことはない、とクロストムは笑った。

「私の考えていることが、どうしてクロス様にはわかってしまうの？」

「どうしてだろうな」

クロストムはランシュの上に覆い被さると、雫を滲ませた昂りを、下腹へと擦りつけてきた。

「私はランシュが欲しくて、もうこんなになっているぞ」

「クロス様も、私と同じ？」

「愛すること、愛されることを知ると、人は、心も身体も少しずつ変わっていくのだろう。ランシュは泣くようになり、私は笑うようになった」

私だけじゃないのかしら。ルインや他の子たちも、皆そうなのかしら。

「私を待ち望んで、もっと淫らになれ。そう、香皇国の香油の素となる花のように。白い可《か》憐《れん》な花弁の奥の蜜壺から、たっぷりと甘い蜜を滴らせろ」

クロストムの指がランシュの蜜壺をまさぐると、くちゅりと音がした。

「あんっ……」

ランシュが身悶えると、クロストムは嚙みつくような口づけをする。すぐに深い口づけへと変わり、舌を絡ませ、唾液を啜り合い、互いの吐息を呑み込み合う。

激しすぎて息もできないほどだったが、ランシュはクロストムの口づけに必死で応えた。

クロストムの口づけは、ランシュの白い肌に紅い所有印をつけながら首筋から乳房へと、そして、乳房の中央でぷっくりと膨らんでいる乳首へと移った。

乳房を鷲摑みにしたクロストムは、乳首を舌先で転がし、押し潰し、甘嚙みする。指で摘まんで捏ねられると、こらえようのない快感がランシュの身体を駆け巡った。

「やっ……あぁ……んんっ」

「ランシュはこの蕾を弄られるのが好きだな」

「……っ……はうっ、……クロス、さ、ま……っ」

散々ランシュを鳴かし、クロストムは自身の熱い昂りをランシュの身体に擦りつけながら、ゆっくりと下肢に向かって、口づけを落としていく。

ランシュは寝台に敷かれた綿布を握りしめ、懸命に快感をやり過ごそうとしたけれど、クロストムの愛撫はやむことがない。怒濤《どとう》のごとく襲ってくる快感に涙が零れ、喘ぎすぎて呼吸すらままならなくなる。

クロストムの手が、とうとうランシュの蜜壺に達した。

弛緩《しかん》した身体は言うことを聞かず、易々と両の脚を左右に大きく広げられる。

「やめてっ！」

金茶色の叢の奥の、秘めた場所が光に晒された。

「やっ、見ないでっ！」

まだ触れられてもいないのに、クロストムに見られていると思うと、あの場所が勝手にぴくぴくと蠢いてしまう。

「もう私を誘っているのか？」

「いやっ、そんなこと言わないで！」

「こんなに蜜を滴らせて」

クロストムが溢れ出る蜜を舐め取った。

「ひぃ…やめてっ、やぁん！」

尖らせたクロストムの舌先が、蜜壺を抉る。そのなんとも言えない感触に、ランシュの身体はびくびくっと反応した。

するりと長い指が入り込み、卑猥な音を立てながら奥深くまでかき混ぜ、何度も出し入れを繰り返す。

「もっ、あぁぁっ…、ダメっ」

そのたびに、クロストムの指を締めつけ、新たな蜜を溢れさせるランシュ。

「指ごときで鳴いていてどうする」

クロストムの指の動きが一段と早くなると、目の前で砂嵐が吹き荒れだした。

嵐がっ、嵐が近づいてくる！

「あぁ…くぅんっ……んんっ、あぁぁぁ……」

花弁の芯《しん》まで、柔らかな舌で同時に愛撫されたランシュは、それだけで絶頂を迎えてしまった。

荒い息遣いで、ランシュはとろんとした視線をクロストムに向けた。自分がどうなってしまったのかもわからなかったのだ。

「ランシュ、なんて美しいんだ」

クロストムはランシュを抱きしめて口づけた。

「クロス…さ、ま…」

「かわいいランシュ。ひとりで達してしまったな」

「わた、し…」

「なんて淫らな身体だ。さあ、今度は私の番だ」

ぐったりしたランシュの腰を抱え、クロストムが昂りを突き入れた。

「…はうっ！　んんんぅ…」

張り出した先端部分が、とろとろになった肉壁を強引に削りながら、ランシュの身体の中心部に向かっていく。

「んんぅ……っ」

初めての時のような痛みはあまり感じなかったが、最初の違和感だけは大きい。

クロス様が、私の中に。

熱くなった身体が、クロストムの昂りの熱でさらに熱くなる。

「辛いか？」

「クロス様のが、熱い」

「ああ。ランシュの中も、熱い」

二人は汗ばんだ身体を密着させ、互いを感じ合う。

クロス様の鼓動が…。

心臓の鼓動とは別の鼓動が、ランシュの身体の中で奏でられている。

「ランシュ、ダメだぞ」

クロストムが小さく腰を揺らめかせた。違和感が快感へと少し、変化する。

「…んゃぁ…、何が…ダメなの？」

ただ抱き合ってじっとしているだけだ。言われた意味がわからない。

「お前が私に絡みついてくるのだ」

「そんなのっ！」

意志とは関係ないところで、身体が勝手にしていることだ。クロストムがランシュの身体を変えてしまったからで…。

「知らない。私じゃないもの。だって、あの場所はクロス様のだから」

「ここは私の場所なのか？」

ぽかんとした顔になったクロストムは、くっくっくっくっ…と笑い始めた。

クロストムの身体が小刻みに揺れ、微妙な振動がランシュの身体を揺さぶって刺激を与える。

「や、あんっ、笑っちゃ、ふんっ…」

「そうか。私の場所か。確かに、種を蒔く場所ではあるな」

「なっ、…ああんっ…やっ、クロス、さ、まっ…。あっ、動くの…ゃっ…」

頼んでも、クロストムは小刻みに動き続けている。

「すまない。笑いが止まらん。どうしてお前は私をこうも笑わせるのだ」

笑わせているつもりはないとか、動くのをやめてとか、いろいろと文句を言いたいランシュだったが、出てくるのは喘ぎ声だけだ。

ランシュの一度達したあの場所は過敏になっていて、こうして小さく揺さぶられるだけで大きな快感になるのだ。

「このままお前の中に留まっているのは無理なようだ」

クロストムが腰をゆっくり引いた。ずるずると肉壁を削りながら昂りが出ていく。

「ああ、たまらない。私を捕まえようと躍起になっているな」

クロストムの昂りを自分のあの場所が引き留めようとしているのだろうが、それだって、ランシュのあずかり知らぬことだ。

先端を残してぎりぎりまで抜いたところで、今度は一気に中へと押し入って最奥を突く。

「……っ！」

瞬間、ランシュは声を上げることもできなかった。全身の産毛が総毛立ってぶるぶると震えが来たと思ったら、その後に快感がどっと押し寄せてきた。

「あぁぁぁ………」

きゅっと下腹が張り詰め、全身に力が入る。

「く…ぅ、……ランシュ、卑怯だぞ」

クロストムが押し殺した声で文句を言うが、ランシュにはほとんど聞こえていなかった。

再びクロストムが動き出した。

容赦なく、ランシュを刺し貫く。

「クロ、ス、さま…、あぁ、…ひっ……はんっ…」

肉壁を抉《えぐ》られるたび、ランシュは腰をくねらせて嬌声を上げた。

激しい抜き差しが繰り返され、ランシュの身体は揺さぶり続けられる。乳房が揺れ、蜜壺からは卑猥な音が鳴り続けた。

いつまでも果てぬクロストムに、ランシュの嬌声は次第にかすれ、突かれると息を吐くだけになった。

クロストムは長い髪を振り乱した黒い獣へと変わり、ランシュを喰《く》らう。

「ランシュ！　まだ足りない！」

「…っ…、ぅ、んっ…、ぁん」

ランシュはただひたすら、クロストムを受け止める。

深く繋がったあの場所からひとつになって、自分の身体なのかクロストムの身体なのかすらわからなくなるほどに。

ランシュは快感に咽び泣き、もうやめて、と何度も叫び、もっと、と繰り返した。

照りつけるウラドノールの太陽よりもクロストムは熱く、その灼熱《しやくねつ》でランシュの身を焦がした。

そして、ランシュの心の中には、クロストムの愛が満々と湛えられた。

そよりとした風がランシュの髪を嬲った。

ランシュはうとうとしていた。

眠っているのか、起きているのか。

酷く疲れているようでもあり、遠浅の海に浮かんで、波に揺られているようでもある。

日除けの綿布越しに、柔らかな光が寝台に降り注いでいる。

クロストムはランシュの乳房に頬を寄せ、寝息を立てていた。乳房の谷間には、金鎖に繋がれたクロストムの指輪があった。

クロス様ったら、子供みたい。

クスッと笑うと、クロストムが注ぎ込んだ蜜が、ランシュの蜜壺からとろりと流れ出てきた。

「……っ」

そこがひりひりとした痛みを覚えるほどに、クロストムは幾度もランシュを抱いた。全身に紅い所有印が散り、嬲られすぎた乳首も色濃くなっている。

クロストムの寝所に入ってから、どのくらいの時間が経ったのだろうか。ランシュにはもうわからなくなっていた。

べたついていた身体がさっぱりとしている。それはつまり、誰かが拭いてくれたからだ。

クロス様が？　まさかね。

ということは、誰かに裸を見られてしまったということでもあり、大騒ぎするところなのだが、そんな元気もなく、今さらだわ、と諦めた。

窓辺に目をやると、赤い十二枚の波打つ花弁を美しく開かせた花が、窓辺を彩っていた。

なんて美しいのかしら。

花が咲いているということは、すでに日が変わってしまっているということなのだが、ランシュは気がつかず、風に揺れる繊細な花弁を見つめ続けた。

『カランの香油を我が国の特産にしようと考えている』

クロストムが寝物語に語ってくれた。

『お前の力が必要なのだ。私の傍で、私に力を貸してほしい』

クロストムのひとことで、これまでの努力がすべて報われた気がした。

花も、カランも、頑張って育てなきゃ。

ランシュの新たな目標になった。

早く家に帰って…、ああ、きっとガイジュが心配しているわ。

もう大丈夫なのだと、早く伝えたい。

起きなければ、と思うけれど、ランシュの瞼がゆっくりと下りていく。

クロストムが身動《みじろ》ぎして、ランシュを抱きしめた。

クロストムの寝息が、ランシュの豊かな乳房を規則正しくくすぐる。

ランシュは微笑むと、瞼を閉じた。


翌日、クロストムに送られて家に戻ったランシュは、自分のために寝ずに仕事を続けて倒れていたガイジュを見つけ、どうして昨日起きて帰らなかったのか、バカみたいにのんびり幸せに浸っていた自分を責め、罵《ののし》り、泣き喚き、

「もう二度と王城には行かない！」

と宣言して、いつ求婚しようと考えているクロストムを慌てさせるのだが…。

それは、ほんのちょっぴり先の話。

それからどうなったかっていうと…。

Honey Novel

何日か過ぎて、ガイジュとのいつもの暮らしに戻り、あのたくさんの出来事は夢だったのかもしれない、なんて思うようになっていた頃、クロス様が馬に乗ってやってきた。

ガイジュったら、クロス様を見て目を丸くしてた。

クロス様に会えたのは嬉《うれ》しかったけど、国王様が会いたがっているからと半ば強引に王城に連れてこられて、迷路みたいな廊下をくねくねと延々歩いて国王様の執務室に行くと、そこには、山のような書類に埋もれた国王様と宰相様がいらして。

そう、国王様はね、あのダル様、ガイジュのダル様だったのよ。もう私、びっくりしちゃって、あーっ！ って叫びそうになったけどぐっと我慢したわ。

マテアム様もいらっしゃって、にっこり微笑《ほほえ》んで挨拶《あいさつ》してくださったの。つられて私も微笑んだら、クロス様は不機嫌丸出しになっちゃったけど…。

だって、マテアム様の笑顔ったらとっても魅力的なんだもの、仕方がないわよね。

それはそうと、ダル様、じゃなくって国王様に、城にはいつ引っ越してくるんだ、と尋ねられて、意味がわからなくて答えに詰まってしまったわ。マテアム様は、ランシュは兄上と結婚するんだよね、って言うし。

いつそんな話になったのかしら。聞いてないんだけど。

クロス様は大好きよ。でも、王子の妃《きさき》になるってそんなに簡単じゃないのよね。クロス様は第一王子だから、その妃はいずれ王妃ってことだし、私が王妃って、あはは…って感じだもの。

だけど、どこかのお姫様とクロス様が結婚するのは、辛《つら》くて悲しい。それに…。

私、求婚してもらってないのよ！

小声で呟《つぶや》いたら、マテアム様はびっくりした顔になってクロス様を見るし、ちっとも話が進んでおらんじゃないか、って国王様はクロス様に詰め寄るし、クロス様はむっつり顔に拍車がかかって、計画が二人に台無しにされたと怒り出すし。

クロス様の計画って、なんなのかしら。

ここで、無言でお仕事されていた宰相様が、突然、椅子《いす》を蹴倒《けたお》して立ち上がったの。存在をすっかり忘れていたから、皆驚いて、静かになったのはよかったんだけど…。

「そのような話、私は聞いておりません！　陛下、クロストム様の、我が国の王子の婚礼ですぞ。宰相の私は蚊帳《かや》の外でございますか？　二の姫の話は勝手に断ってしまわれるし、相手が決まったと聞けば市井の娘。それも、ガドラを着ているような娘がお妃とは、いったいどういうことでございますか？」

わかるわ。自分のこととはいえ、宰相様がお怒りになるのも無理はないと思うの。

「そう怒るな、ユラム。このような素晴らしい資料を作るものは、王城に呼んでそれなりの仕事に就いてもらいましょう、とお前もランシュが城に来るのを勧めていたではないか」

「なんですと。では、この娘が、あの天候の細かな資料を？」

宰相様が、私のお天気日記を認めてくださったのよ。もう嬉しくって。

「ユラム、あんまりキリキリしていると、白髪どころか髪の毛なくなっちゃうよ」

「マテアム様が毎日湯を沸かす無駄遣いをされなければ、私の髪は抜けません」

「うわぁ、藪蛇《やぶへび》だぁー」

お前はそんな無駄なことをしていたのか、と国王様が笑って言うと、

「陛下のお忍びもです！　こんなに仕事が溜《た》まってしまって」

「それは俺も、いや、私も少しは楽しみというか、息抜きがないとだな」

「言い訳は結構です。だいたいお二人とも……」

国王様とマテアム様が宰相様に捕まっている間に、クロス様が私の手を引っ張って執務室からこっそり抜け出して、国王様との謁見《えっけん》は中途半端に終わってしまったの。

「ダル様が国王様だったなんて…。クロス様、知っていたなら教えてくれてもいいのに。ガイジュは知ってるのかしら。ご迷惑になっていたんじゃ…」

クロストムの私室に入った途端、ランシュは急に心配になった。

「父上が自分で話すだろう。ランシュが言う必要はない」

「あんなにお仕事が溜まってしまったのは、ガイジュと会っていたからだと思うんだけど」

「そんなことはどうでもいい」

クロストムはランシュの手を取ると、いきなり跪《ひざまず》いた。

「ランシュ、私と結婚してくれ」

「え？」

突然のことで、ランシュはぽかんとした顔になった。

「すまない。本当はもっとこう、きちんとした場所でというか、状況でというか、私なりにいろいろ考えていたのだ。それなのに、父上が引っ越しだとか、マテアムが結婚だとか先に話してしまうから…。まったくあの二人は」

計画していたというのは、結婚の申し込みだったのだろうか。

「返事は？」

クロストムが指先に口づけ、熱い視線で見上げてくる。

「急にそんなこと言われても…。クロス様は王子様で、私はただの民だし」

クロストムが立ち上がった。ランシュは思わず一歩下がる。

「父上もマテアムも賛成していた」

あれは賛成していたのだろうか。

「宰相様は、渋い顔をしておられたわ」

「ユラムなど関係ない。どうして、うん、と言ってくれないのだ」

ぐいと迫られるたびに一歩下がりを繰り返し、どんどん部屋の奥へと入っていき、脹脛《ふくらはぎ》に何かが当たってランシュはひっくり返った。

「きゃっ！」

毛織物が敷かれたソファーに倒れ込むランシュの上に、クロストムがのしかかってくる。

「私が嫌いか？」

間近で見つめられ、ランシュは目を伏せた。

「好きよ。でも…」

うん、と頷《うなず》きたいけれど、王子の妃になれる自信がない。貴族の反対もあるだろうし、ウラドノールの国民ががっかりするのではないかと思うと、怖くて受けられないのだ。

首筋にクロストムの手が触れた。ぞくりとしたものが肌の上を広がる。

「相も変わらず頑固だな。だが、うん、と言わせてみせるぞ」

クロストムはランシュの身体《からだ》を弄《いじ》りながら口づけた。激しい口づけに、ランシュは何も考えられなくなってしまう。

「んっ、はぁ…」

クロストムの唇から解放されて息をつくと、胸元がはだけられ、クロストムの指輪と豊かな乳房が露《あら》わになっていた。

ランシュは熱を持ち始めた身体をなんとか動かしてクロストムに背を向けると、毛織物を握りしめて必死に逃れようとした。

「逃げられると思っているのか？　私が交渉事に強いと知っているだろうに」

ずるずるとガドラが脱がされてしまい、露わになった背骨の窪《くぼ》みに沿って、クロストムの舌がすーっと這《は》っていく。

「ひゃっ、やっ」

ランシュはくすぐったくって暴れた。

「これのどこが交渉なの」

「話し合いは決裂したから、実力行使に移ったまでだ」

「そんなの卑怯《ひきよう》よ」

白い身体をくねらせて毛織物の上を這う姿すら、クロストムを煽《あお》っているとランシュは気づかない。

「卑怯か。褒め言葉だな」

褒めてない！　と叫んでも、クロストムはさっさとランシュのズボンと下着をまとめて下げてしまう。

「クロス様っ！　やんっ」

腰から尻の丸みを撫《な》でられ、くたくたと力が抜ける。ころりと身体をひっくり返されて、クロストムの重い身体に押さえ込まれた。

「さあ、どうする？」

クロストムがにやりと笑う。

「王子様なのに、なんて意地悪なの」

負けるもんかとランシュはクロストムを睨《にら》んだが、乳首を刺激されたランシュは、すぐさま痙攣《けいれん》するように震えた。

「待って、あっ…んんぅ」

快感を逃すように頭をソファーに擦《こす》りつけると、巻いてあったカチーフが外れ、金茶色の豊かな髪が毛織物の上に広がった。

「待てない」

ぷっくり尖《とが》った乳首を捏《こ》ねられて、ランシュは身悶《みもだ》えた。

「んん…、ぁん、この間、あんなにたくさんした、…のに」

「あれから何日経《た》っていると思っているのだ。私は毎日ランシュが欲しい」

クロストムの指が髪を梳《くしけず》ると、首筋から背中がぞくぞくする。髪の毛に触れられるだけで感じてしまうのは、どうしてだろう。

濃厚な愛撫《あいぶ》が全身に施され、ランシュの頭の中が白く霞《かす》んでくる。クロストムに愛されることを知ってしまったランシュの身体は、クロストムの意のままだ。

「ああ…っ」

下腹の叢《くさむら》をかきわけ、クロストムの指が蜜壺《みつつぼ》を探った。すでに濡《ぬ》れそぼったそこは、ぴくぴくと蠢《うごめ》いてクロストムを待ち望んでいる。

「ここはこんなに素直なのに」

「やぁん、クロスさ…まっ、あぁ…」

ランシュが身悶えるたび、蔓《つる》で編まれたソファーがぎゅっと鳴いた。

長い指が肉襞《にくひだ》を削る。初めての時はあれほど痛みを伴ったのに、今はランシュを喘《あえ》がせ、とろけさせる。

もっと大きなもので埋め尽くし、もっと奥まで嬲《なぶ》ってほしい。

「私が欲しいか？」

服を着たままで前をくつろげたクロストムが、熱の塊と化した己の分身をランシュに見せつける。

ランシュはこくこくと頷くけれど、私の妻になるか？　と問われると、唇を噛《か》みしめて頷くのをやめた。

「どこまで我慢できるかな」

指の動きが一層激しくなり、卑猥《ひわい》な音が大きく響いた。

「クロスさ、まっ…ぁあっ、ひぃ…うっ」

クロストムの指に合わせ、ランシュはくねくねと腰を揺らしたが、耐えられなくなったのはクロストムが先だった。くそっ、と吐き捨てるとランシュの太腿《ふともも》を抱え上げ、濡れそぼった蜜壺へと昂《たかぶ》りを一気にねじ込んだ。

「あぁぁ！　ぁ…」

肉壁が擦られる快感に、ランシュの身体が仰《の》け反《ぞ》った。くっ、とクロストムは眉間《みけん》に皺《しわ》を寄せた。

「絡みついてくる。こんなに私を求めているのに、どうして妻になると言ってくれない」

クロストムは突き入れたままの体勢で、上体を倒して顔を近づける。

「ひぃ……っ、ふぅ…。だ、だっ…て、笑われるわっ。んん……動かないで！」

クロストムがほんの少し動いただけで、腰の辺りからぞくぞくしたものが身体中に広がる。

「笑われる？」

「あんな、んくっ……娘を嫁にした、って…、クロス様が、笑われちゃう」

「ランシュ」

「怖い。私、怖いの」

ランシュはクロストムの長い髪を握りしめた。

貴族とのつき合いも、王族の作法も知らない自分が妃になったら、クロストムが嘲笑《ちょうしょう》されるかもしれない。それが怖かった。

「ランシュ、お前ほどウラドノールの、この『呪《のろ》われた大地』を愛しているものはいない。私よりも愛しているのではないかと嫉妬《しっと》してしまうほどだ」

クロストムの手がランシュの額に伸び、汗で貼《は》りついた髪を指先で取り除く。

「そんなことは、ない、けど…」

けど？　と顔を覗《のぞ》き込み、クロストムは、ふふっと笑った。

「私は二番目か。王子であることがこれほど不利だとは思わなかったぞ。だが、それでもいい。ウラドノールの大地を愛するということは、国を愛すること、ひいては民を愛することだ。人々の暮らしを少しでもよくしようと思うその心根が、私の妻に相応《ふさわ》しいのだから」

「私が、相応しい？」

「恐れることはない。言いたいものには言わせておけばいいし、大地を愛するお前の心が変わらなければ、必ず皆が認めてくれる。それに、私が傍《そば》にいる。お前を傷つけようとするすべてのものから、私が守る」

クロストムはランシュの唇を啄《ついば》んだ。

「愛している、ランシュ」

「クロス様」

ランシュの眦《まなじり》から、涙が零《こぼ》れた。

嬉しかった。クロストムがいれば、何も不安はないのだと思った。

「私と結婚してくれ」

「はい」

ランシュは素直に頷いた。

「ああ、ランシュ。愛している」

「クロス様、愛しています」

ランシュは自分からクロストムに口づけた。

クロストムは微笑むと、ランシュをきつく締めた。そして、ゆっくりと腰を引いて、収めきっていた昂りを蜜壺から引きずり出すと、再び奥まで突き入れる。

「……っ！」

クロストムが動き始めると、ランシュの金茶色の髪が毛織物の上にうねり、豊かな白い乳房が揺れた。

「はう！　くぅ……んんっ。クロス様」

「ランシュ、いいのか？」

「つ…、ひっ、やんっ！」

黒い獣となったクロストムの動きは一層激しくなり、ランシュは自分の身体がどこかへ飛ばされてしまいそうな気がした。クロストムと離れたくなくて、クロストムの腰に両の脚を絡める。

「もっときつくしがみつけ！　私を求めろ！　もっと、もっとだ！」

「ふうっ…っく…、クロス、さ…まっ」

ウラドノールの乾いた大地に降る雨のように、クロストムの汗がランシュに降り注ぐ。

青く澄みきった大空と、白茶けた砂の大地が、ランシュの目の前に広がった。

ああ、身体が融《と》けて、ウラドノールの大地に染み込んでしまいそう…。

クロストムと一緒なら、それもいい、と思う。

クロス様となら…。

空も、大地も、強い光で白く輝き、ランシュは意識を手放した。

あとがき

こんにちは。ＢＬ大陸のすみっこで暮らしている早瀬亮です。

初の乙女系です！

はじめまして、の読者様のほうが多いかもしれませんね。

ハニー文庫『砂の国の花嫁』を手にとっていただき、ありがとうございます。いかがだったでしょうか。ご感想をいただけると嬉しいです。


「新しいレーベルができるので書いてみませんか？」

担当様からお話をいただいた時は、

「まあるいおっぱいの話を書くのは…」

と渋っておりました。

これまでぺったんこ胸の主人公ばかり書いていたので、萌えがやってくるか不安だったのです。

にもかかわらず、主人公は巨乳になりました。

「書くのは無理だと言っていたのに、巨乳のヒロインなんですね～」

いつこんなふうに担当様から突っ込まれるかと、電話やメールのたびに、びくびくしていました。今回もお世話になりました。


イラストを快く引き受けてくださったSHABON先生。

地味な世界と主人公の設定にもかかわらず、素敵なヒーロー&ヒロインにしてくださって、ありがとうございました。国王のラフ画像は宝物です。

話の中で長い髪としか書いていないのに、送っていただいたクロストムのラフは、私が想像していた髪の長さぴったりでした。

カラーイラストを楽しみにしています。


不思議なのですが、お話を考えていて割とすんなり主人公がイメージできました。きっと、自分が巨乳じゃないから妄想できたのではないかと……ぅぅぅ…。

肩こりもないし、邪魔にもならないから、大きくないほうがいいんだいっ！

宇宙の彼方のとある星の大陸でのお話という裏設定だったのですが、乙女系も初、異世界ものを書くのも初めてでした。

これまで使いたくても使えなかった『砂』と『花嫁』の二大ワードをタイトルに入れることができて、感無量です。

最後に、この本に携わってくださったすべての方に、お礼申し上げます。ありがとうございました。

早瀬亮

早瀬亮先生、SHABON先生へのお便り、
本作品に関するご意見、ご感想などは
〒101-8405
東京都千代田区三崎町2-18-11
二見書房　ハニー文庫
「砂の国の花嫁」係まで。

本作品は書き下ろしです

Honey Novel

砂《すな》の国《くに》の花嫁《はなよめ》

【著者】早瀬亮《はやせりょう》

【発行所】株式会社二見書房
東京都千代田区三崎町2-18-11
電話　03(3515)2311[営業]
　　　03(3515)2314[編集]
振替　00170-4-2639
【印刷】株式会社堀内印刷所
【製本】ナショナル製本協同組合

落丁・乱丁本はお取り替えいたします。
定価は、カバーに表示してあります。

ISBN978-4-576-14074-2

http://honey.futami.co.jp/